启真馆 出品

启真·闲读馆

犬心

[日]伊藤比吕美 著
丁楠 译

ZHEJIANG UNIVERSITY PRESS
浙江大学出版社

目录

第一章
犬　心

犬　心

若不快点写下来，便觉得是弃小竹的生命于不顾了。

小竹是一只行将就木的十三岁的雌性德国牧羊犬。我是五十六岁的人类女性，若生为犬类，早已死去了。十五年前我带着孩子们移居加州南部，自那一年半后小竹来了，可以说在这里的生活几乎都与它为伴。

今天我也带小竹去了附近的公园散步。一旦在公园里走起来，便无论如何都会想走平常那条小竹年轻时走得滚瓜烂熟的老路。小竹和我都是倔脾气，一旦迈出了步子，不走到终点绝不罢休。为了尽量减轻小竹的负担，这段日子我们都是驾车返家。就像这样在公园里溜上一圈，回到车旁——钥匙却不见了，掉在路上了。我想沿路折回去，小竹却是满脸固执，一动也不肯动。

“走回头路”和“改变路线”，小竹向来不喜欢这两件事。再加上今天走得多了些，老犬的腰腿已经吱吱作响了。它会抗拒也是理所当然的，但也不能把它留在这里。于是，我只好故伎重施，松开缰绳，头也不回地走了。如此一来，小竹便不情不愿地跟上来了。

小竹跟过来了。事情总是这样，不论什么时候，也不论它多么用力地拽紧缰绳，扬言“就是不走”，我只需丢下绳子兀自走开，它便无可奈何地跟上来。是内在的犬性指使了它。抗拒得了饲主的意愿，也无法抗拒犬心。

在犬心的摆布下，小竹垂着脸，慢吞吞地走着。“小竹快来，不远了！”激励着它，我也走着。

同样是这条路，十三年前的我一面顾及幼犬的体力一面前进。那时我最小的孩子小留快三岁了，但还走不完全程，所以我总要推上婴儿车。小竹四个月，刚来家里不久，我对它还不甚了解，它对我也尚未完全信任。这种状况下，幼犬的能量时常爆发。一旦绳索脱手，小竹便跑得一去不返，若是追上去，它更会越跑越远。我总是全速推着婴儿车，追逐着幼犬。

一天，小竹走到半路，累了。看它一脸难过地仰头望着我，“想坐吗？”我用日语问它。小竹点点头，毫不客气地钻进了婴儿车。于是，我怀里抱着小孩，手上推着婴儿车，婴儿车里装着小狗，就这样回了家。当年的小竹太可爱了，两只大大的耳朵，直直地竖着。可在成年以后，那对耳朵却变小了。不是的，耳朵怎么可能变小呢，是那张小脸把耳朵衬得大大的，待小脸长大了，耳朵就显得小了。

后来，小竹长成了一条青年犬。那段日子里，如何抑制它的活力是最令人头痛的事。我担下了每天早晨的散步任务，傍晚那一趟则由次女沙良子负责。每年刚入冬那会儿，天会黑得很早，冬季的散步时间格外令人挂心。

而小竹开始接受训练，正是那会儿的事。训练的责任人是沙良子。但那时她还是中学生，既无驾照也无经济来源，所以不论是带小竹去训练教室，还是掏钱请人送它去，自然都是我的事。还有早上的散步、全天的喂食、生活中点点滴滴的训练，也都归我管。

小竹去的是接待警犬的正规训练所。由于德牧具有攻击倾向，所以小竹必须接受彻底的驯服训练，以及抑制攻击性的攻击训练。因此，我和沙良子不敢怠工，坚持每周六带小竹去训练教室，还参加过几次托管训练。刚开始的时候，小竹无法听从“待在那里（stay）”的指令，每每沙良子转过身时它便站立起来，若被人呼唤就抗命逃走，躲到我身后，甚至有时逃回车子里。“小竹一点儿也不听话，我看它是到青春期了！”曾有好几次，自己也正值青春期的沙良子哭着说。当小竹能做到“stay”后，又接受了一系列更为高阶的训练项目，例如恐吓坏人（身穿防护服的训练师）、追逐坏人、在沙良子一声令下后发起进攻或停止攻击等等。

每当有客人来访，恐吓训练便会显现其成果，而袭击训练也确有那么一回发挥了作用。一次和沙良子散步时，小竹咬住了一个盘问沙良子的公园警备员。我作为监护人出面向对方赔礼道歉，对方却语无伦次、闪烁其词。事后从沙良子那里了解了原委，原来那个警备员滥用职权，专门骚扰、纠缠、弄哭只身行走的少女。为此大家都夸小竹真棒，保护了沙良子。

还有一次，家里房子改建的时候，有个手握长尺的电工师傅被小竹咬了。在小竹眼里，电工是“陌生男子”，是“持有武器的人”，是“入侵者”，是一个如同教科书标准般的坏人。于是所有人都觉得情有可原（电工师傅也是个养狗之人），便既往不咎了。

那时小竹身强力壮，无所不能。跟着我，它都是去公园散步的，可一旦交到沙良子和小留手里，这两人便会骑上踏板摩托，拖着小竹从坡道上往下滑，把它整得可惨了。看来小竹也有许多痛并快乐着的回忆。

有时候，沙良子和小留的伙伴们会加入散步的行列。每当这种时候，潜伏在小竹体内生生世世的犬心便会浮上心头，催促它围着女生的小团体跑来跑去打转转。一旦发现哪个孩子离群了，它总想凑过去，把她“赶”回到队里。一个，两个，三个，据说还能听到它犹如点数的叫声。一个，两个，三个，唉——又少了一个！

想要维持群体也罢，想要确定数目也罢，这些都是小竹生为牧羊犬的犬心。相传这一血统，由德国本地原有的牧羊犬和混有欧洲狼血统的狗杂交而成，在 19 世纪末的时候稳定下来。由此繁育的德国牧羊犬在第一次世界大战期间曾被军方征用，从此其卓越的能力在世界范围内备受瞩目。但不知为何，在英国它们却被称为阿尔萨斯犬，而并非德国牧羊犬。

有关狗的书在描写德牧时说它们强壮有力，聪明忠诚，训练有素，守备亦是无懈可击，宛如能打出本垒打的殿堂级选手。若谈起和德牧共同生活的感想，我只能说，和书中写的一字不差！论能力，我之前养过的各种小型犬、柴犬、斯皮兹犬的杂种犬远远不是德牧的对手。德牧总能令你惊讶不已。德牧对食物和散步有着非比寻常的热情，除此之外，和它们生活在同一屋檐下，就好像家里多了一个人。看到进入中年后小竹一脸忧郁地睡在犬卧上，从一旁经过的家人和朋友们总悄悄对我说："给它吃点抗抑郁药不好吗？"真是越活越"人精"了！它步入老年后却脱下了一身的忧郁，仿佛终于割舍掉了什么。我母亲年轻时也是个攻击性极强且郁郁寡欢的人，当她年老体衰住进医院，整天卧床不起，郁病反倒不治而愈（手脚麻痹后抑郁曾一度加深，但不久便克服了）。她成了一位开朗祥和的老太太，直至生命终了。也许世事尽是如此吧。

公园里有一块地，那里曾生着广阔的草坪，长着桉树林，再往里还有野生的草木。我们曾无拘无束地走在那里。不过几年工夫，草坪成了停车场，桉树林倒了一半，高地上筑起了房屋。那幢房屋如今是社区活动站兼老年人中心，是这一地区的老人们眼中不可或缺的场所。

野生植物被保护起来了。之前还任由它们自生自灭，如今修起了行人小路，用栅栏围起了禁止践踏的区域，又立起了“严禁跨越栅栏”的告示牌。虽然我们不曾有不惜破坏告示牌也要跨进去的想法，但还是会从没有牌子的地方偷偷溜进去，一面留意着脚边的草木一面前进。哪里长着什么植物，它们几时开花，又几时结果，我都了若指掌。我就像带着狗儿在山里生活的探险者——很早以前独居在美国未开拓的深山里，靠打猎为生，替军队引路，做熊肉火腿、晾驯鹿肉干，说一口流利的印第安语，最后抱着爱用的猎枪死在野外。我就是那样的人。不过话说回来，这里带狗散步再适合不过了，像我一样的其他饲主也常把狗儿领来。小竹跟孩子成群结伙的时候，总会被牧羊犬的犬心支配；可每当和我一同去拾荒，犬心便会被保护羊群——也就是我——的念头占据，于是把遇见的同类统统视作狼熊之辈，为了我的安全时刻准备展开殊死搏斗。

小竹个头又大又强壮，负伤的通常都是对方。我则要拿医疗费给人家赔礼道歉。这种倒霉事儿已经有过好几回了。为了防止小竹先我一步遭遇其他犬类，我只好竖起耳朵监听远处的声响，瞪大眼睛注意风吹草动，步步为营。“我在前，我在前。”我边走边出声念道。小竹记住了这句话，听到便立即退下身去。

这里处处是天然形成的小径。时不时地，我们能从无法去到的地方窥见人影。草丛中还有野营过后的痕迹，用过的避孕套便弃在那里。小竹则会蹿进茂草之中。呼唤它，它便很快回来。也有一去不返的时候。怎么喊它也不露面时，便是训练之心拗不过犬心的时候。等它终于回来了，舌头舔着嘴巴，可想而知一定饱餐了一顿，要么是宿营人的残羹剩饭，要么就是未能处理的人类粪便，一闻便知。“怎么就吃了呀！多脏呐！”我训斥它。小竹却装听不见。

散步途中，有座露出红土的陡坡。

小竹尚还年轻、健壮，怎么跑都不嚷累，我站在崖上，往崖下抛球。小竹去追那只球。不论丢去哪里，小竹都不惜把崖下翻个底朝天也要将球找出来。我在上面边看边想，究竟是什么让狗如此义无反顾呢？

有时球卡在了枝条间，小竹就像直立行走一样立起腰，欠起后腿，爬树似地趴在树干上够球。有时球滚进了草丛深处，小竹便钻进去，过一会儿满身蛛网地钻出来，抖擞一下精神再钻回去，无论反复几次都要将球取回。但归根结底，取回来的也不过是只球罢了——一只脏乎乎的、瞬间就会被收走的球。当然了，前提是收得回来。只要它肯老老实实递球给我，我一定还会把球抛出去，游戏就可以继续下去。可有些时候，小竹就是怎么也不肯松嘴呐。

小竹克服了千难万阻，叼着球得意洋洋地回到我身边。

然而球不离口。不离口的话，就不能继续玩游戏了。我厉声训斥它，试图撬开它的牙齿强行把球拔出。小竹全然不为所动。锐利的牙齿把球咬得死死的，力气大到使用工具也无济于事。它合了眼，依然牙关紧咬，一副静待我不近情理的激情退去的姿态，一味地、执着地，不愿松开那球。

其他事情都乖乖听话的小竹，遇到这只球竟变得如此固执，毫无掩饰地屈服于自己的欲念。我生气了，甚至能感到自己的怒气。太不可理喻了！生为犬类，那只球里到底裹了什么比饲主命令更重要的东西呢？！

可是到头来，招架不住的那个，是我。为了只球和狗儿斤斤计较、生气动怒、大吵大闹的，我觉得自己太没出息了。后来我想到一个法子，一个能让小竹松嘴的法子——只需带两只球在身上便好。小竹捡回一只，我便再丢一只。第二只球脱手而出的瞬间，第一只球便“脱口而出”、垂手可得。

不论是将球取回，还是咬住不放，都并非出于小竹自身的意愿，也绝非单纯来自它警犬父母的遗传。那是它内在的犬心。这大概凝聚了世世代代的犬心吧！我在断壁之上，无数次思考着。

过了段日子，我们改在断崖下面玩丢树枝的游戏。那是在小竹的年纪换算过来比我的孩子们还要大，被人说成是和孩子她妈相仿的大婶，并刚刚做过绝育手术的时候。小竹胖了，我也胖了。沙良子走进大学离开了家（虽说后来又回来了），小竹早晚的散步开始全权由我负责。傍晚时小留也会跟去。但考虑到遭遇其他犬类的情形，我不放心交给小留一个人。

断崖下面生着几棵桉树。桉树的新陈代谢非常强烈，枝叶也罢树皮也罢，刚长出不久便已是干巴巴的，就那么折断了，脱落了，剥皮了。得益于此，可丢的树枝从未短缺过。我只需拾起树枝，小竹便伏下身子，一副蓄势待发的架势，炯炯有神地盯着我的手。

我们就这样玩了很久很久。有好几年吧。

如今的小竹已是目无所见，耳无所闻，投出的树枝也捡不回来了。我和它已不再去断崖下面了。下去了还得再爬上来，虽说有平缓长坡和陡峭短坡两条路可走，但对小竹来说，无论哪条路都日渐艰辛。

不见的钥匙在那条细细长长下坡路的入口处找到了。回程路上，小竹一言不发地走着，眼睛直勾勾地看向前方，边走边喘粗气，步伐中显露出腰腿的痛楚。关节不好据说是牧羊犬的通病，哪怕是活得相对健康的小竹，年老后也难逃代代相传的病痛的困扰。拖着这些痛楚，它气喘吁吁地走着，衰老得如同我那与母亲死别后独居熊本的老父亲。

我迎来了小竹，带它散步，同它第一次踏入公园。在那之前，我甚至未曾留意到附近还有一座公园。小竹来家里是在夏末。当时植物已枯萎殆尽，我们走在公园里，将那里命名为“荒地”。夏去冬至，雨水降下，冬去春来，花儿绽放。荒地上开满了鲜花，那数量，那种类，那艳丽的色彩，都被我们尽收眼底。春天逝去，只留下一片干涸的死寂。夏季再次结束，冬日又再到访，雨水再次降下，花儿再次开放。我将这一切看在眼里，小竹，一直在我身旁。

小竹和足球

时隔好久，我们去了原先踢足球的那个公园停车场。步行不过三两分钟的路程，我们却是开车去的。

小竹不是一向都开心地追着球跑吗？我恍然才明白自己在想什么。我们觉得它年富力强，是因为每次踢球，它总是想跑多久就跑多久，球踢到哪里它就追到哪里。可是今天，它却晃晃荡荡地蹲在我和小留中间——哦，右边，哦，左边——几乎只剩头在动了。

记得我和小竹、小留刚开始踢球时是这样规定的。

我和小留负责来回传递球，我们传一次，小竹追一次。而球一旦大幅偏离了轨道，小竹便有权将其一口咬住，叼回自己的阵地。

其实，这个规矩是小竹发明的。所谓“小竹的阵地”，就是随处可见的花坛，每次都不尽相同。球一旦落到小竹嘴里，若不及时让它松口，转眼之间便会咬得破破烂烂，不能用了。所以每当这种时候，我们都会异口同声地喊：“小竹得一分！”之后小竹便张嘴松球，离它而去，满怀期待地摇起尾巴，等着球再被踢出去，等着再去追球。

有时，小竹会挡在我们中间，摆出防守的架势。于是我们打起了让球从它腿间穿过的主意，但实行起来却常以失败告终：球不是撞到它身上，就是弹到它脸上。张开身体接住球，小竹脸上是一副不苟言笑的表情，尾巴却抑制不住兴奋地不停摆动，仿佛已经笑得合不拢嘴。一边跑一边摇着尾巴，小竹又去追球了。

那段时间，我们就踢着千疮百孔又飞不多远的足球。球飞出场外了，小竹咬着球返回自己的阵地，于是球又变得更加破烂不堪了。直到最后，窟窿多得踢不起来了，我们就买个光溜溜、气鼓鼓的，价钱不贵但名副其实的新足球回来。然后，小竹又会一视同仁地把它咬得千疮百孔。于是，我们想出了拿网球充当“替死鬼”的点子。

可怜的小竹，再怎么对足球钟爱有加，也不及见到网球就神魂颠倒、不追上去就浑身不自在的喜爱之情。足球的事被抛到了九霄云外，它冲着网球直扑上去，抓住、叼起，这是一种怎样也无法抑制的冲动——犬心又在操纵小竹了。小竹的嘴巴大得很，哪怕嘴里含了一个网球，我再丢出另一个，它也依然做不到“袖手旁观”。而我们的策略就在于此——含着两个网球，小竹就咬不了足球了，只能追着它跑。唉，我怎么早没想到呢！到底有多少足球命丧其口？我觉得十分懊悔。

回想起昭和三十年代我住在东京陋巷里的童年。掏粪工人开着吸粪车挨家挨户地抽屎抽尿。干完活儿，工人大叔便在抽真空的管子口上堵一个棒球。每当我往小竹嘴里堵网球时，想起的就是这件事。吸粪车停靠在陋巷的里路，湿滑的地面上生着青木和八角金盘。这些往事，小留听了怎么都不能理解，那种味道也罢，巷子里的孩提时代也罢，当年的市井面貌也罢。

小竹老老实实地遵守着游戏规则，毕竟是它自己定的嘛！——从现在开始，滚过来的是妈妈她们的球，我这里的是自己的球。

叼着网球的小竹决定改用鼻子顶足球。我传给小留的球，它一爪按住，用鼻尖轻轻捅捅；撞到花坛停住的球，它追过去用鼻尖轻轻戳戳。但唯独不会把球推走。小竹一脸见了活物的表情，盯着足球小心碰碰，仿佛在说："它会不会动啊？"

我从未想过有朝一日能同爱犬一起玩足球游戏。花了整整十年，小竹才成长到这个地步。如果是超大型犬的话，已经寿终正寝了。

我们一起踢足球的那段日子里，小竹的母亲死了，弟弟死了，它们的饲主去世了，我自己的母亲也没了，只留下父亲一人。那段日子，说真的，满脑子想的都和死有关。小竹好不容易才长得如此聪明懂事，不久以后却也不得不死去……我常想这个，并感叹生命的短暂。然而自那以后又过了三年，小竹还在。足球是踢不了了，不过“哦，右边，哦，左边”这个还做得来。

爱撒娇的尼克

下冬雨了。这里只有冬天下雨。雨水不是淅淅沥沥降下的，而是被狂风吹卷而来。狂风还掀起了巨浪。平素业已干透的植物开始展露生机，亭亭玉立。下呀，下呀，别停呀！我的心情也跟着高涨起来。除了一件烦心事：狗狗出不去了。

加州式样的房屋对雨水没有准备：没有房檐，没有排水管，雨水顺着门框齐刷刷地倾盆而下。平时习惯了在户外随处排泄的狗狗们，在走出房门的瞬间被雨滴到，发出“呜”的一声，原本要出去的，也只能猫在家里了。如此一来，尼克开始肆无忌惮地满屋倾泻“废料”，一如既往。偶尔也能见到小竹的屁屁难为情地摊在楼梯旁边。那里铺着瓷砖，光照充足，摆满了盆栽，与户外相仿。所以我们从小竹还是幼犬的时候就教给它，那儿可以上厕所。教是教了，但对小竹来说那是非常手段，只在迫不得已的时候才用一下。它通常都会忍到外出。

但若说起尼克如厕的恶习，那就令人“叹为观止”了。在这个家里居住五年之久，按理说屋子的里里外外早就是它的地盘了，可它却在家里四处播下屁屁，遍地撒上尿尿，从不会像小竹那样在固定的地方排便——既没有那个习性，也没有那个常识。唉，居然在这种地方！——每天我都会因自己的发现而惊讶不已，简直就像在玩捉迷藏一样！究其原因，它似乎对电线杆情有独钟。卧室的床单垂到地上了，在它眼里，那并非自上至下地垂着，而是由下往上地立着，于是上前尿上一泡。小留的书包和毛衣放在床上了，那便也成了电线杆子，总之过去尿上一泡。最近它又在我书房里拉了屉屉。而每天有大半天它都待在我那里。“犬类从不在自己的地盘上拉屎撒尿，你这只狗狗怎么这么不谙狗事呢？”（连我都晓得。）我揪着它的“前襟”质问它。

哎呀，我都忘记介绍了，尼克是一条雄性蝴蝶犬，今年五岁了。小竹八岁那年，我们迎来了三个月大的尼克。

在那之前的八年里，小竹特别讨厌别的狗，见了就扑上去。就因为这个，尼克刚来时大家都捏着一把汗。领着尼克来的“亲妈”（也就是繁育者）见了小竹也吓得不轻，一再忧心忡忡地问：“这孩子真能活下来吗？”（而我当时并不在场。）

八岁的德牧好比初老的女人，三个月的蝴蝶犬则是楚楚可怜的婴孩。尽管如此，小竹却对尼克大打出手，像个孩子似的乱发脾气，露出牙齿吓唬它，情绪化地训斥它，好几次都把它咬出血了，可以说尼克的遭遇相当之悲惨。好在比这更过分的事情未曾有过，往好了讲，也算是相安无事了。

狗群里可没有民主主义，有的只是毫无怜悯之情的、蛮不讲理的上位者和活在其颜色之下的、卑微的下位者。那种近似于家人之间的关爱，都要从我们几个人中汲取。

若是依照官方声明（虽搞不清楚“官方”为何物），尼克应该算是小女小留的养犬。

五年前，我曾带着小留在熊本住了几个月，丈夫自己留在了加州的家里，年龄大点儿的女儿们都已经独立了。我只是想锻炼一下小留的语言能力，没有一丁点要把她“掳走”的意思。其实我的丈夫若能同去就再好不过了，但是介于“不会日语、湿气太重、影响工作”等诸多状况，我就自己带着小留走了。结果，他因担心再也见不到小留而惶惶不安，为拉她回来用尽了各式办法，甚至把她朝思暮想的蝴蝶犬幼崽也弄到手了。当我们圣诞节前回到家里，圣诞树有了，小狗也已经有了。不过小狗同我倒更亲近些。它弱弱的、瘦瘦的、可怜巴巴的，只有那对耳朵大大的、软绵绵的，好像随时都会飘起来。在这两只耳朵的摆布下，它摇晃着身子，走得跌跌撞撞。我想让小留照顾它，可又没法撒手不管，于是老是像袋鼠一样把它揣在胸前，把毛衣领口撑得松松垮垮。尼克太瘦弱了，喂它吃饭时，我总要小心翼翼地把它托在膝上，用勺子一口一口地喂。英语里管能上手喂的鸟儿叫 hand-fed（在手上喂大），那么尼克便是条名副其实的“掌上名犬”了。长此以往，尼克不依赖我才怪呢！工作时，它总像条影子一样贴在我脚边；睡觉时（但凡我丈夫不在），它便钻进被窝里，和我贴得紧紧的；

开车时，它会趴在我胳膊肘旁边，全神贯注地注视着我视线的前方；还有些时候，它表现得像一个正在撒娇的爱人，依偎在我胳膊上。

我们做了个试验。在公园里，把尼克放在对面，我和女儿们一字排开，一齐呼喊“尼克，过来！”于是，尼克便会径直跑到我面前。我可高兴了。不论试验多少次都是相同结果，我高兴得不得了。“妈妈你太狡猾了，声调喊得那么高，它当然去找你了！”既然小留不服气，我便低着嗓门像男人那样喊“尼——克——”，结果还是一样！哈哈哈哈，我开心得合不拢嘴！它果然是我的狗狗。

我从朋友那里领养小竹的时候，那位朋友曾再三嘱咐我：德牧是一种能力极强的狗，必须时刻让它有任务在身，必须严加管教，驯服它随时都可能爆发出的攻击性。因此小竹进了接待警犬的训练所，接受了专业的训练。那几年里，我们也坚持在每周六花一整个上午的时间送它去训练教室。

就像之前说的，肩负起这一重任的是次女沙良子。当时沙良子是个问题缠身的中学生。就像要逃避沙良子身上的问题似的，我带上她，她跟着我，我们一同前往训练所，去面对小竹的问题（不服管教、半途而废、青春期的叛逆倾向等等）。

沙良子完成得十分出色。她夹杂在人高马大的成年人当中，不光是服从训练，就连恐吓坏人、在指示下袭击坏人、追逐身穿防护服的恶人并将其拽倒的训练，她都配合得毫不含糊。小竹也不甘示弱，在克服了最初的抗拒心理后，它长成了一条优秀得令人刮目相看的德国牧羊犬。叫它坐下便立刻坐下，叫它伏下便伏得快要陷进地里去了，一直到命令解除为止都纹丝不动。虽说现如今小竹已经动弹不得，也无所作为了，但在现役那会儿，它可是楷模一般的犬中之犬呢！

再看尼克这边，应担起责任的小留还是个忙着玩耍的小学生，于是在家附近的宠物店里上了六周遵守纪律课，连哄带玩地受了指导。尼克 Great！尼克 Wonderful！让老师夸得，连小留都神魂颠倒了，然而一下课，就什么也记不得了。

时至今日，与小竹羁绊最深的仍然是沙良子。然而孩子们的生活变化无常，让人头晕目眩。曾经同我们亲密无间生活在一起的沙良子，不久便离家而去，以上大学为由，不怎么回来了。假期里倒还回来的，但在小竹看来，就是“不再回来了”。就算“回来了”，也很快又“不再回来了”。

每当沙良子“不再回来了”，小竹便怅然若失。它围在我身边，白天一直待在我房里，夜里则睡在空无一人的沙良子房里。我带着它散步，喂它吃饭……骂它也罢，陪它也罢，打理它也罢，都是我。它几乎是我的狗了。尽管如此，被我手把手拉扯大的尼克和沙良子训练出来的小竹，它俩与我的牵绊是不同的，事到如今我仍能隐约感到这种不同。没办法呀！

两三年前，小竹从看家犬的位置上退下来，尼克接替了它。

若有“狼熊”之类的侵入领地，尼克便勇猛地将其驱逐出境。不论是巡视领地，还是外出狩猎（买东西），它都与我同行。开车时它会趴在我肘旁，监视四周的动向，一旦有危险物体通过，便威吓两声保护“妈妈”。散步中的狗、慢跑中的人，还有路过的婴儿车，这些都是重点警戒的对象。然而蝴蝶犬终归是蝴蝶犬，是首屈一指、地造天成的掌上名犬。它一边发出威吓声，也要一边凑到正在开车的“妈妈”身边撒撒娇。

我脚疼

这是三个月前发生的故事。犬类的三个月，大致相当于人类的三年。所以比起那会儿，现在的小竹又老了三年。而这个故事，并非发生发在隔壁那个我们常去的公园，而是发生在一个要驱车十余分钟才能到达的公园。

那里蜿蜒流淌着一条小溪，小溪两旁生着许多枝条柔软、树干低矮的柳树，于是人们便称这里作“柳园”。在柳园无人问津的角落里，有棵无人知晓的苹果树。每年树上硕果累累，而我也会领着姑娘偷偷去摘苹果。

通往苹果树的路线是这样的。

先将车停在停车场，那儿有条缓缓的下坡路。沿着走下去，是一条平坦的路。路旁有嬉笑玩耍的孩子们，有娱乐设施，有片草坪。再往前走，是个网球场。有时候，能捡到飞出场外的遗球，也有时候，能碰到有人正在打球。小竹不喜欢扣球的声音，而且随着年龄增长，它对这声音越发嫌弃了，仿佛还生出了迟早会被球击中的臆想，接着又败给了那想要逃开的欲念。我若稍不留神，它便可能会不顾一切地往车的方向冲去。其实在家附近时，它就好几次跑回家去，我则被它拽倒、拖在身后。在这个孩子颇多的公园里，若有眼球充血、神色惊悚的牧羊犬挣脱主人飞奔而去，那麻烦可就大了。所以走到球场前面时，牵绳必须握得格外谨慎，小竹也要哄着通过才行。

一旦过了这里，便再无人迹了。

道路两旁植物丛生，小溪潺潺的水声流入耳畔。那儿有苇子、蛤蟆、蒲柳，还有粗壮的桉树。一团团红色的鲜花将路埋得严严实实的，穿过那儿继续前进，来到路的尽头，便有了苹果树。把那结得好好的果子拧下一颗，就那么咬上一口，哪怕又涩又酸，也是满心欢喜。

今年以来，小竹的步子越发不稳了，每天散步也不再远行。所以我想，再走得那么深怕是太过勉强了。然而，季节时时刻刻都在变换，我那颗猎人的心也在蠢蠢欲动。终于在那天，我再也抑制不住狩猎的欲望，想着走走停停总有办法，便带上小竹走了起来。

真的还是太吃力了。路到半途，不，刚刚五分之一，还在网球场旁犹豫不前的时候，小竹就气喘吁吁，拖起了后腿。我不由得去观察它的表情，只见小竹情真意切地望着我，小走几步，又望过来，还叹了口气。

我放弃了苹果。

然而沿路返回，快到停车场时，小竹的腿脚却眼见好了起来，步伐虽然不比当年，却轻快自如，呼吸也平顺起来，仿佛连神情都浮现出了几分安逸之色。于是，我想起了小竹年轻时候的事。

那是个大热天，我们正走在坡道上。忽然，小竹一屁股坐在地上，伸出脚来示意说：我脚疼。我连声问它怎么了，探过头去，只见它一副悲痛欲绝的样子，耷拉着耳朵，把另一边的脚也伸了出来，继续倾诉说：这只也疼。“这可不得了，咱们往回走吧。”我话音刚落，小竹轻身一跃，神采奕奕地走起路来。

令人不可小觑的小竹。小竹虽老，演技犹存。

妈妈在家吗？

唉，如不赶快写下来，便当真是弃小竹的生命于不顾了！观察小竹睡着的样子，越来越难分辨它是生是死了。

从远处望去，它该不会已经死去了吧？再离近瞧瞧，当真跟死了没有两样。我屏住呼吸静静观察，生命的喘息已从它身上消逝，腹部没了起伏，脸上没了颤动，轻抚过去也不见它苏醒过来。我急忙加重手上的力度，它这才惊醒了，好像人类惊惶地发出“啊？”一样。年轻时，小竹也常一副熟睡的样子，但其实并未真睡，一旦察觉到我有行动便迅速起身，嗖的一下紧跟我左右。

那副睡相让我感到似曾相识——是父亲。

父亲今年八十九岁了，一个人住在熊本，所以我会时不时地回熊本看他。老父亲睡得很多，他睡了我去瞧他，那睡脸仿佛死去了一样。两位“老人”的共同之处，便是沉睡时那种生机已离躯体而去的感觉。

丧失了过多生命力的父亲，睡沉时下颚好像掉了一样，俨然一具完工在即的木乃伊像。小竹则犹如一匹将要露死街头的郊狼，四肢已没了力气，脑袋从犬卧上滑落下来。因此，每天我都有数回不得不伫立在它面前，确认它是否已离我而去。

就在前两天，天还未亮的时候，本应睡得像死过去一样的小竹为了叫醒我，一脚踏空从楼梯上摔了下来。沙良子说她听到动静起来一看，小竹正瘫软在楼梯的中间平台，一阵阵地打着哆嗦。楼梯旁边瓷砖地的接缝里纵横淌着小竹的小便。大概在往楼上爬之前，它就已经尿过了。已经上完了厕所，其实它本不需要再上来叫我，大概是睡糊涂了，爬二楼的时候一脚踩空。而我却没有醒来。因为工作到很晚，那时我正睡在兴头上，睡得正熟呢。

“姐姐已经是大人了，你来叫我，我肯定会起哦！”沙良子对小竹深切地说。

小竹的爪子踱在地板上砰砰作响，那响声可以传遍整栋房子，不被吵醒是相当不寻常的。由于它很少上到二楼，所以凡是夜里爪音响彻家中，小竹爬上楼来的时候，我都会挣扎着爬下床。不然小竹在我床边转上两三圈后，就会默默地走下楼去，在地砖上小便。

小竹小时候，曾睡在沙良子房间的笼子里，笼门整晚关着。还是小狗的小竹时常闹肚子，也憋不住太多尿液，每当这种时候，它便想破门而出。然而纵使它怎样哼唧，怎么跺脚，十三岁的沙良子都睡得像一摊软泥，不到早晨是叫不醒的。于是小竹只能无可奈何地在笼里解决，随后忍耐着因犬类所不该有的失态而萌生的羞耻心（羞耻起来也比尼克认真得多），在悔恨与恶臭中闷闷不乐地挨到天亮。这样的事发生过好几回，想忘都忘不掉。所以时至今日就算冒着跌下楼梯的危险，小竹也要上来叫我。

如此想来，每逢我从日本归来的当天和次日夜里，小竹都会冒险爬到二楼。对此，它已成了习惯，甚至有些偏执了。但是频繁飞往日本，并暂时留在那边已经成了我的习惯，或是生活方式。每次刚从日本回来，我都因时差混乱而睡得很浅，听到爪音便很快醒来。可是，等我下到楼下打开房门，小竹又不出去了。

原来它并非想去尿尿，只是想确认一下："妈妈在不在？回来了是真的吗？"

小竹是个急脾气

秋天时还被我们背后议论今年有没有全力以赴的小竹，昨天竟然跑起来了，好像它还年轻一样。它见我拿着狗狗曲奇站在对面，小留和尼克都朝我跑去，便误以为我在唤它。

跑动的时候，尼克好像从地面悬浮起来，在空中划过一条直线。小竹则好似一匹骏马，又好似一股波浪，奔腾而来。

小竹已经很久很久没奔跑过了。何止没有跑过，就连踢足球时那个“哦，右边，哦，左边”的摆头动作，它都不再做了，只剩下愣愣地站着，呆呆地看着我们。就是这种状态下，小竹突然展现了往日的英姿。该不会是返老还童了吧？其实不然。

昨天还昂首疾驰的小竹，今天一个跟头栽下了车。虽说上不去车的状况时有发生，可万万没有想到连下车也失败了。小竹夸张地翻了个底朝天，又趴在地上好一会儿不能动弹。

瘫倒在地的小竹的表情，简直和父亲的一模一样。

父亲时不时跌上一跤，坐在地上，然后出现的便是这副表情。在身体机能枯萎的状况上，父亲和小竹惊人地相似。

其实老早以前我就意识到了，小竹应该是患上了犬类的帕金森症。

至今为止的十三年里，我每天都会不止一次地载上小竹，去散步、去购物、去接孩子。因此，罩着布套的座椅总是污秽不堪，狗味儿扑鼻，毛毛兮兮的。养狗的友人曾说过，若养了狗，汽车座椅便只用革面的。要我说，恨不得换成板面的才是。

如今的小竹，总要在大敞四开的车门前耗上一会儿，不思量一下“这上得去吗？”绝不迈步。我若鼓励一句“上去喽！”，便有较高概率成功。虽说每三回就有一回失败，但在反复挑战的过程中，不知不觉也就乘上去了。

开在路上，常能见到载着狗狗的汽车。狗狗在车里各有各的坐法，有的从窗户探出头来，一口接着一口地喝风；有的只留一对后腿在车里，整个身子都晾在车外。有时候，前面一辆车的车窗里忽然钻出一张狗狗的脸，然而只是一瞬间的工夫，那张脸缩回去了，又从另一侧的窗户钻出来。下个瞬间它又缩回去了，紧接着再从对面钻出来。想必是有好几只狗吧，可仔细一瞧，狗狗只有一只。大概是兴奋极了，左右来回乱蹦着，还不忘把脑袋钻出窗外。

那种缺心眼儿的事，我们家狗才不屑去干呢，它们都待得可乖了！尼克无非就是时不时地朝看不顺眼的东西吼上两声。所谓看不顺眼的东西，也无非就是散步中的狗、装着孩子的婴儿车什么的。我若去买东西了，它们便等在车里。小竹向来守候得默默无闻，尼克则总是忙着威吓四方。许多时候，高亢的犬吠声一路传到店里——哟，是尼克！尽管心知肚明，但一想到那些坏了警铃“哔哔”作响的车子，尼克那种程度的噪声也就不值一提了。

回到车里，我便掏出狗狗曲奇，奖励一下乖乖等待的孩子。若带它们一起下车，又一起返回了车里，我同样会拿曲奇给它们。十三年来，这个习惯一直延续至今。

然而每到这个时候，小竹就兴奋得昏了头，再也耐不住性子了。

我刚一上车，它就好像在大喊“我要！”似的“汪”一声，把前脚往台面上“嘭”的一搭。那意思像是在责备我：“喂，干什么呢！怎么这么慢呐！”而小竹嘴里溢出的口水，在脚边形成了水洼。

我掏出曲奇，已经没了耐心的小竹，才不可能安安稳稳地从我手中把曲奇“拿”走，一定会“嘎嘣”猛咬一口。我赶紧缩回手，只听小竹的颚骨与牙齿碰撞发出“哐”的一声。那声音仿佛来自一头能乐中舞动的“狮子”，相当吓人。曾有好几次，我都给它咬出血了。我只好让它看着曲奇，不断劝它说：“慢一点，慢一点。”如此一来，小竹便会尽它最大的努力，一点一点地凑过来，一点一点地张开嘴，嘴角颤抖着，小心翼翼地把曲奇衔住——，取走——，努——力——。暖乎乎的，软乎乎的，小竹嘴里的——肉，把我的——手指，裹住了，把曲奇、叼、走、了！

最近这段日子里，小竹的脾气变得愈发急躁了。“嘿！”它时常这样吼我，而一旦需求得不到满足，急不可耐又无所适从的情绪便会冲尼克爆发。“我说你在干什么呐！慢死啦！”将我训斥一通后，小竹二话不说对尼克龇出牙齿。那张面孔狰狞犹如般若面具，毫无防备的尼克被吓得颤颤巍巍。

小竹的性急也罢，迁怒于人也罢，虽然不讲理，但就像俗话说的，年纪越大脾气越大。人身上的那些脾气，日久天长，我从父亲或丈夫那里已经有所领教了。在蛮不讲理这方面，真可谓人无完人，犬无完犬了！我是想去接纳的，只不过——小竹还情有可原，人呐，我才懒得理会呢！一不留神便这样想了。

小竹得重病了

小竹不喜欢医生。经常就诊的那名兽医，尽管长年相处，小竹依然同他毫不亲近，医院也相当不招它喜欢。一踏进医院，它就开始瑟瑟发抖；一旦叫进了诊室，便会没羞没臊地哭个不停；被领去护理室了，更会使出浑身力气去反抗。小竹向来如此。

许多年前，小竹为了医治耳漏曾住院半日。被从我身边带走的时候，它哭着、喊着，说什么也不肯走。人类的小孩儿恐怕都不会哭得那么声嘶力竭。它四只脚紧紧抓住地面，但就那么被拽走了。几小时后我去接它，它被人从门后领出来。等候室里摆放着桌椅，还设有接待柜台，在门另一侧它便认出是我。我的小竹猛地将牵绳的人拉倒，挣脱出来，一跃跨过桌椅和柜台，死死地抱住我不放。

除患耳疾外一直生龙活虎的小竹，两年前却得了场重病。原因不明，说不清是吃了鼠药还是没吃，是被蜘蛛咬了还是没咬。总之那时我身在日本，小竹则因诸多状况在友人家中代理看门狗一职。说是友人的家，那里其实是小竹出生的地方。既然是住在娘亲家里，那么人类也罢犬类也罢，都是有些无法无天的。可是忽有一日听闻小竹身体不适，被抬去见兽医了。友人给沙良子打了电话，沙良子又打电话给我。小竹就这样接受了治疗。

至于医疗费，换算成日元竟有七十万之多。我听了不禁倒吸一口凉气。友人自觉有责，为我担下一半。即便如此也有三十五万。吸进去的气到底还是没能再吐出来。

据沙良子说，当时她害怕极了。

医院（因为事出突然，不是常去的那家，而是一家二十四小时营业的诊所）反复打电话到她手机，时刻追问她说："将进行这些还有那些治疗，花费如此之高，可以吗？"当然可以说"No"，但那意味着"死"。而这一抉择，要青涩未熟、情绪不稳，且从十三岁起就一直同小竹为伴的沙良子去面对，未免太残酷了。倘若我能在她身边——这我何尝不曾想过，也不知"就这样结束"的决断在她心中曾占了几分。

后来小竹出院了。等我回来时它已完好如初。老虽老了，但尚能踢球，乘上车，也还能去公园。倒是我们，是时候该考虑考虑了。这条决断的边界线，究竟该画在哪里。

"No"这个词，我们是说得出的。说出来了，兽医也会予以理解。不，这都还很难说。

相比日本的养狗人，美国人倾向于更早地为养犬的安乐死做出抉择，我总有这种感觉。这并非基于统计，而是通过观察周遭的人，自然而然形成的印象。因为不想让爱犬饱受痛苦折磨，他们似乎会趁苦难来临之前做出决断。尽管如此，将犬类的衰老而终当作人类的生老病死一般，满怀厚意地承载下来，给予治疗，并认为生命无价，应延续生的希望——这种风尚又确实存在着。

我和沙良子商量过了。商量这种事我们向来是一拖再拖。至于结论，是这样：若再次遇到此种情况，不治了。已经活得足够久了，病亦随它，死亦随它。也许这样就好，不是吗?

话说回来，犬类有种心丝虫的预防药，月月都要吃，且贵得出奇。半年的药量，在日本约合一万日元，在加州也是价格不菲。十三年来，这种药我们从未给小竹断过。而几个月前，它的最后一剂用完了，我们没有再补充。小竹年事已高，即便现在感染了心丝虫，时间也会先虫病一步带走它的生命。想到这里，我们为它停了药。

然而我已经记不住事情了，看来老糊涂的不止小竹一个。

就在几天前，尼克的药吃完了。我便去找兽医，结果把小竹停药的事忘得一干二净，顺便也想为它买药。于是被告知小竹的药几个月前已经售光，不再销售了。因为是对抗心丝虫的药物，犬类若在停药期间染上虫病，再服药寄生虫便会死在心脏里，尸骸则会附着在血管壁上，最终导致心脏停跳。

我正和兽医前台谈论此事，诊室里走出一条极其年迈的老犬。一打听，已经十六岁了，相当于人类的一百一十七岁，是个犹如魔女的老太婆。老犬身上系着保护带，由饲主提携着才能行走。据说在全身麻醉的情况下，老犬接受了牙齿的彻底清洗护理。其实我也曾被人推荐去洗牙，不过并非我的牙齿，是尼克的。

说起尼克，它的就医履历可谓相当华丽。

还是小狗时，尼克曾因腹泻被领去急诊，却被怀疑患了重病，于是一项接着一项地去查，一眨眼工夫就花掉了十万日元，结果却一无所获。不只如此，由于绝育手术前的血检查出异样，尼克被转送至大型医院，又是一通排查，又花掉十万日元。结果这边同样无所收获。此后，尼克因被蜜蜂蜇伤再次住进医院，再次花掉数万。更有甚者，尼克在家门口遭车碾压，耗费二十余万日元才得以生还。随后的一段日子里，尼克戴起了脖套，仿佛天草四郎或伞蜥蜴。因为医生禁止它散步，我只好把它装进环保袋里挎在肩上，自己走在便道上。刚开始的时候，它还老老实实在袋子里晃荡着，但随着伤势好转，我能感到有小脚在那里面一股一股地踹着，好像胎动一般。

据说全身麻醉洗牙要花四万日元。这笔钱能买一身不错的衣服呢！但若自问爱犬的健康和衣服哪个重要，那自然是爱犬了。可我仍会不禁去想，拿四万日元替狗洗牙是一笔非必要的开销。何况尼克的嘴巴原本就臭，就算被劝去洗牙也无法根治，发臭也绝非最近一两天才开始的，毕竟是从它三个月大来我家时起就一直延续至今的口臭。每次把它抱起来，它都会过来舔我的嘴。为此，“不要把嘴凑过来”便成了尼克的专属教学目标。我给尼克买了牙刷，却不曾给它刷过牙齿。也没给小竹刷过。若是小孩儿的嘴巴暂且不论，那可是狗狗的嘴啊！所以没刷。基于上述原因，四万日元的洗牙至今悬而未决。

小竹也被推销过注射“可的松”。我那个患关节炎的老公偶尔会来上一剂。听说注射了这个，老犬的生活能轻松不少，于是询问价格，约合五千日元。这个价位还是值得一试的，我想，便给小竹打了。结果嘛，说不清楚，反正没有达到容光焕发的效果。小竹也没说什么。我呢，则对厚意过剩的宠物医疗体制倍感厌倦，而对我自己——被迫悬在勤俭的金钱观念与对爱犬们的情意之间迟迟无法脱身的自己，亦是如此。

我想到了母亲。

她是个凡人。在主治医师眼前犯了四肢麻痹，因此被医院“收监”，再没有离开那里。等到她死时，这样的日子已经有五年多了。医院里的护士们待她充满温情厚意，尽管如此，四肢麻痹的五年时间也太过漫长了。

我又想到了父亲。

他果然也是个凡人。帕金森症不过是他最表面的问题。胃里有癌，时伴脑梗，背椎似乎也状况不佳。每天吃着成堆的药物，一边精细地调节着血流、高血压和心脏的脉动，一边保命度日。然而就是有些东西，无论如何都无法调节得彻底的。孤独、无聊、寂寞感，以及对生的执念，每次打电话给他，

“唉，闲死了，死了倒好，可又死不得”，他总会翻来覆去地跟我唠叨这些。

若有什么是人类无能为力但犬类可以做到的，那就是自然的生老病死。

小竹在全家人的照料下安度晚年，丝毫未被怠慢。我们每天都精心为它准备食物，给它整理寝床，替它排便担心，带它外出散步，让它颐养天年。但已不再喂预防心丝虫的药给它吃，定期检查也不去了。

如今小竹背上长了一颗硕大的肿瘤。若去找兽医诊查，对方一定会说，良性的话就开刀取出，或再观察些日子，恶性的话就照顾它到最后一刻，或趁痛苦发作前实行安乐死。但我们不会去选择，不管是哪条路。我们不去理会那瘤子，而是一如既往地疼爱它，同它一起生活下去。

等小竹再老些了，万一它加倍遭受痛楚摧残，我们大概会为它选择安乐死吧。至少在它熟悉的那家医院里，由多年来一直为它诊断的医生主持。但一想到它将在哭嚎与抵抗中咽下最后一口气，心里又痛得有些难以承受。一位养狗的朋友曾告诉我，有专门负责上门问诊的兽医，来到家里，为爱犬实施安乐死，以防大型犬老得不能动弹。可是，一想到小竹的生命终将结束在陌生人手中，这同样令我无法承受。

第二章

屁屁那些事

小竹的地盘

小竹睡着了。这一整天来，它的面貌都如同死了一样。它并非在打盹，而是睡得很沉，所以我总放心不下，不知它生命是否还在。它的动作变得越来越缓慢，表情也越来越木讷了。

然而只有“吃”这件事，小竹怎么也忘不了。它“呜”的一声晃来厨房，我对它说：“小竹，去坐。”可是，它听了两眼空空，脑袋里也空空的，只顾愣愣地站在那里，虽然想吃东西，但若被问到想吃什么，脸上却只有茫然——这就是小竹一个月前的状态。

然而状况瞬息万变，一个月过去了，如今的小竹精神恢复了少许。这大概同它换了地方睡觉不无关系。

有段日子我出门在外，那之前小竹一直睡在走廊的尽头。这么多年来，那里已经成了小竹的地盘。右边是我丈夫的办公室，左边是我的房间，眼皮底下则是沙良子的房间。它占领的就是这么一条交通要道。每回丈夫出入自己的办公室，给小竹绊着了，都会甩下一句“混账东西”。早在小竹年轻时，每次丈夫想要进我房间，它都发出吼声堵住去路。每当这种时候，那句“混账东西”后面还会接上诸如“残忍、愚蠢的畜生”这类充满厌恶的言语。屋外也时常传来“咿、咿”的细如蚊声的哭泣。那是尼克。尼克想进入我房间，但交通要道由小竹守着，怕得它不敢靠近。它正坐着望向这边，一边抽泣一边倾诉：“快些抱我进去吧！”有了尼克和小竹，这条要道顿时拥挤不堪。

那一阵子，我有一个月左右不在家里。回来时，尼克还和往常一样，低着头，摇着尾巴，踩着舞步来迎我。鹦鹉小 P 在鸟笼里为我创作出了朱鹮的叫声。唯独小竹没来迎我。十三年来，这样的状况还从未有过。哎呀，该不会是（终于）寿终正寝了吧！如果是那样的话，故事也就到此结束了。但小竹不过是没有发觉罢了。等我进入了它的视野，不——我不清楚它的视力是否还在，大概仅仅是靠嗅觉闻出气味吧，总之小竹慢悠悠地站起来，又慢悠悠地跟在我身后进了房间。之后它便站定在那里了，看那样子，已无意再挪动半步。

我是来者不拒的。我把它走廊里的床垫铺在屋里，让它有地方可卧，于是小竹骨碌一下睡了上去。打那以后，它就在我房里待下了，白天始终睡得像尸体一般，夜里也同样是一副尸体的模样。我上楼睡后，它会一直在原地睡到早晨。

这下可把尼克难为坏了。

原本，尼克的地盘位于我房间书山背后的一枚坐垫上。

可是问题在于，尼克是怕小竹的。原先小竹“替我”尽看门之责的时候，尼克就不敢从它面前通过，也就进不到我房间里来，只能“咿、咿”地哭泣，如今小竹搬进来了，尼克就更加无从入内了。结果，它只能照旧“咿、咿”地抽泣着呼唤我。没办法，只好迎它进来了！可是刚一走出房门，忽然有东西扑棱扑棱地从天而降，原来是鹦鹉小P。于是，没办法，我把它也一同领回了房间。

我专程把尼克请进了屋，可每当我站起来，尼克便站起来，我走出房间，尼克便跟着一起出去。我属于工作时坐不安稳的性格，需要频繁起身出屋。如此一来，尼克便也频繁起身出去外面。

卫生间也罢，厨房也罢，去收邮件也罢，尼克都随我前来，仿佛跟随就是它的天职。我返回房间，它自然也想随我回房间，毕竟那里有它的一席之地，有一枚暖乎乎又软乎乎的坐垫。

可是，在那里将要直面名为小竹的恐怖。尼克被吓得浑身僵直，“咿、咿”地发出哀鸣。每次见它那个样子，都觉得它好像一个被人贩子拐走的小姑娘。这样的遭遇不论经历多少回，尼克都似乎毫无长进。这就是尼克的好奇心和学习心所无法弥补的犬心。小竹在年轻时也是一样，常常一副睡着的样子，但其实睡了才怪呢！沙良子站起来它便站起来，像条影子一样跟在她身后。后来沙良子去上大学不在家里了，小竹就改跟在我身后了。

说到我的房间，问题就严峻了。

原本就狭小的空间里被书本、旅行包和脱下的衣服塞得满满当当，早已是一片不堪入目的光景。然而最近，我开始不往地板上放任何东西了，这全拜小 P 随处大小便所赐。如今地面上只铺了小竹的床垫和房间里侧尼克的坐垫。坐垫不止一枚，而是有三枚。尼克向来只在顺心的时候坐在顺眼的那一枚上。于是我常想，是不是有一枚就足够了？但是一想到尼克，便希望它能在顺心的时候继续坐在顺眼的垫子上，也就不忍心将它们收走了。就这样，我房间已经没有地方可以下脚了。

哎呀，我还没介绍小 P 呢！

这只已是第二任了。前任小 P 是一只鸡尾鹦鹉，虽颇具攻击性，但总在发起攻势的下一秒就将之前的行为忘得一干二净，还伸出头来要求摸摸，是很亲人的。它在水杯里溺死了。

这第二任嘛，貌似是一只绿颊鹦鹉，拥有红绿蓝三色相间的羽毛，以及和绣眼鸟相仿的引人注目的白色眼周。它是一只非常漂亮的小型鹦鹉，而它远比鸡尾鹦鹉来得聪明，也凶猛得多。若被那尖锐的喙啄上一口，就好像被打孔机开了个洞似的，疼得叫人忍不住想哭出来，甚至会不禁去怀疑它是否心存歹意。但若放任不管，它只可能变得更加凶猛，进而陷入见人便啄的恶性循环。没办法，我只得整个白天都把它放在自己房里散养。

第二任小 P 一旦感到了便意的召唤，就会主动走到当时所踩物体的边缘，比如我的脑袋或者椅子，撅起屁股抛下粪便。相比之下，它的前任对如厕场所并无此执着，这令我不得不时刻以毛巾覆盖住自己的上身。

总之出于上述原因，全家的动物都聚集在这里。这间屋子也越来越有我车里的味道了。不过不论是小 P 的鸟味儿（鹦鹉的体味很重，绿颊鹦鹉的味道就更重了，而那股气味也被认为是鹦鹉的魅力之一），还是尼克的狗味儿，相较小竹的都是微香的。屋里除了小竹的体臭，还混着别的味道。小竹是过敏体质，尻尾部时常瘙痒，那里若被舔过或是咬过，皮肤脱落了，便会渗出浆液。那是一股难以形容的腥臭味道。再加上小竹偶尔漏出的屁屁，和尼克时不时的大便小便，这里的空气状况实可谓“妙不可言”。

自打睡在我的房里后，小竹恢复了少许年轻时的活力。

睡在走廊尽头的小竹，不仅看似一具尸体，而且让我误以为那确实是一具尸体。为此，我经常过去看它，而在我触碰它之前它是不会醒来的。一碰到了它它便惊醒过来，身体后仰，也有因惊恐过度而猛然咬来的时候。那种时候，我感觉它的上半身虽驻于此，下半身却已行他界。

如今小竹的睡脸上已不见了死的影子，是一张好端端的睡脸，睡得好好的。我蹲下身子凑近了睡脸，睡脸睁开微微的睡眼朝这边张望。小竹的另一半身体已经回到这里，在这里与我们同枕同眠，共同生活在一起。

帮忙

在我房里住下的小竹，仿佛年轻了一些。如今我出入房间的时候，几次里便有一次，小竹也会站起来，和从前一样跟在我身后。起身时若恰逢早晨或傍晚，步伐中甚至带出了对散步的渴望。那份渴望虽远不及年轻时无论如何都无法抑制的骚动，不过我很清楚，小竹的心正在蠢蠢欲动。它跟随着我，我的一举一动都备受期待。这种情况，唉，过去在我看来是“别跟过来，饶了我吧”的这种情况，原来竟是如此令人欣喜的一件事！因此我也用力朝小竹扭了扭屁股（狗语中的“来玩吧！”)，做起了外出散步的准备。

但另一方面，我的房间里已是一片混乱。除了不断增多的恣意便溺的动物，不需要“新陈代谢”却以惊人之势飞速“增殖”的书本眼看就要从房间里溢出来了。对动物们我是束手无策了，但书本，只需添置书柜便可收拾妥当，于是购入了一组。

组合书柜又大又沉，为了搬它，我们举家出动。小竹也来帮忙了，一如从前。“要来帮忙吗？”“小竹，碍事啦！”“Get out of my way！”它倾听着、徘徊着，脸上朦胧地浮现出快意。小竹那颗年老力衰的心，正在年老力衰地快乐着，这光景令我看得出神。

想当年，小竹是很乐于助人的。

每次我们搬点什么或做点什么，小竹肯定在场。我们行动起来，它便也叼起木片跑来跑去，跑到我们前头去，和我们撞个正着。“小竹，碍事啦！”“Get out of my way！”尽管没少挨说，但热心依旧。

书柜由小留负责组装，于是，这次轮到尼克来帮忙了。

比起小竹，尼克的帮忙方式要纤细得多，也更加自我。它悄无声息地跟在小留后头，充满好奇地观察她手上的动作。小留转身，它便从后头绕过去，一屁股坐在她正组装的板子上。与其说它是狗，倒更像是猫了。

蝴蝶犬这个品种，同猫有些莫名的相似之处。

小的时候，尼克就像猫一样洗脸。和不挑食又吃不够的小竹不同，它的食量很少，挑剔很多，不喜欢吃的东西坚决不吃，少许剩饭的情况也时有发生。因为犬类图鉴里写着它的同族擅长捕鼠，我曾对它期待有加，却不见它逮住任何东西。狆犬是日本犬类的代表，适应了草席上的生活，整天乖巧踏实。而我呢，身为蝴蝶犬的饲主，从尼克身上竟找到了近似于狆犬远方表亲的亲近感（基因上的异同虽不得而知）。这种狆犬，恰如狗和猫的中间形态，因此写作反犬旁加一个“中”字，这算是个偏门小知识吧……

书架装好了，但要想把它搬进屋去，得先腾出个地方才行。把这个挪到那儿，把那个丢了，这个也丢了，再把那个从那儿挪到那儿，我们试着把整间屋子逆时针转了一圈。太多的东西嘎啦嘎啦作响，太多的东西噼里啪啦掉落，每当状况发生，“啊！”“干什么呢！”，忙着的人要么惊声尖叫，要么乱成一团。

在众人的喧闹声中，小竹熟睡着。跑来跑去的帮忙工作已经结束，接下去，便是在熟悉的床上美美地睡上一觉。可能因为太久没有帮忙，累坏了吧，也可能是出于对我们百分之一百的信任，小竹在这片混乱中睡意酣然，非比寻常。还有可能随着听力下降而对声音充耳不闻，知觉衰退而对危险熟视无睹，终于，就连意志也已明白自己已经衰老，将自己置身于这世间的万象之外了吧。

吃饭和散步

倘若有一天我养了两条狗，其中一条要取名“吃饭”，另一条要叫“散步”。这是我长久以来的心愿。

可是，“吃”“饭”“散”“步”，这几个字在小竹面前都是提不得的。因为双语教学的缘故，“walk”这个词也说不得。一旦听到了，某个具体的欲念便开始在小竹的脑海里沸腾、爆发，理性则会被揉成一团。小竹大声叫唤着，蹦来跳去，蹿东蹿西，越过物体，撞到东西，终于，尾巴一摆打翻了花盆，身子一蹿撞哭了幼童（当年的小留）。不论是“吃”“饭”“散”“步”，还是“/ wɔ /”，这些音节都会激起小竹的反应，不论语声有多么微弱。

而尼克一旦感应到“散步”的讯号（尼克自小挑食，对“吃饭”二字向来置若罔闻），便会因欣喜和期待而变得“飞扬跋扈”，上蹿下跳，跑到我身后顶我的脚，缩起身子让我怎么也套不上绳子。小竹见状大发雷霆：“干什么呢！别磨磨蹭蹭的！”它训斥尼克，有时还会咬上去，吓得尼克缩成一团，绳子就更别想套上了。这样的躁动日复一日，不断重复地上演着。

“散步”成了我家的禁语。可这样又太不方便，于是用“呜姆姆”或“那个”取而代之。走，去呜姆姆吧！走，去那个吧！结果，这次改对“走”字有反应了，对双语环境下的“let’s”和“go”亦是如此。

若乘上了车，在到达目的地前，小竹会以好似远嚎又像是悲鸣的声音竭尽全力地吼叫。它把头钻到驾驶席与副驾驶席之间，在我耳边号叫着，叫声震耳欲聋，口水浸湿了我的衣裳。在小竹的影响下，尼克也因喜悦和激动而心跳加速，呼吸随之变得急促，在我耳边“呼呼呼呼”地喘着。

给我留下如此印象的小竹，感觉已是数年前的事了，然而，开车去附近那座公园的停车场踢足球，不过是最近刚发生的事情。就算只是去踢球，小竹也已经期待、兴奋得一如先前了。

打那以后，小竹更老了。足球踢不成了，上车时也会跌跤，看它郁郁寡欢的实在可怜，便不开车了，只在家附近走走。但这对小竹来说却并非心甘情愿，只是乏味无趣的散步。

小竹变得不爱散步了。

不活动腿脚肌肉便会失去力量，这是老年人普遍的问题。为此，我把狗狗曲奇丢在地上，把小竹引出了家。我会给尼克套上绳索，小竹则不套。若是套上，小竹一出家门就不愿走动了。不套绳索的话，我若快步走开，小竹便只好无可奈何地跟上来。这想必也是出于它的犬心吧。

为了能多少让小竹在太阳地里开心地走走，我就像汉斯和格雷特一样设置路标，边走边把曲奇的碎屑丢在地上。

当初隔壁那幢出售中的房子还是一片工地的时候，在那儿施工的大伯见了小竹曾开玩笑说："不贿赂它是不是一步也不肯走啊！"大块头的美国人钟爱大块头的犬种，想到德国牧羊犬年轻时优美的姿态，他们对老后的德牧就更加爱怜了。

小竹目不转睛地盯视着曲奇，嘿呦嘿呦地挪着步子，俨然一副老年人复健训练时的光景。有几次它滑倒了，"哎——呦"地呻吟着朝我这边望。那副充满哀伤的表情，让人很难相信是狗做出来的。同样的表情，在父亲跌倒时我曾不止一次地见过。

小竹走路时大便哩哩啦啦地滑落下来的情形也同父亲一样。肛门的肌肉松弛了，就算什么都不做，无须刻意放松，它自己就会滑下来——父亲在电话里是这样说的。小竹也一定想跟我说同样的话吧。父亲可以穿纸尿裤，事后可以自己处理，小竹的屁屁则需要由我来拾，一不留神便会拾漏。

最近就是，我无意中回头看去，才发现一路走来的小竹在每个步幅间都留下了屁屁。我连忙返回去捡，然而就在新鲜屁屁的旁边，是被汽车压过后半干不湿的屁屁，仿佛小竹的足迹一般散落在路上。这是前天发生的事情，到了现在还历历在目。无奈之下，我只好隔着塑料袋，用指甲把紧紧扒住地面的屁屁剥落，结果剥着剥着，袋子破了。这种事常有的。心里若想着屁屁便会觉得脏，但若想着小竹，就不会了。

量力而行

我们买了一个简易的犬用台阶。

小竹只会从左侧上车，这其中似乎有着不为我们所知的缘由。所以我们会打开左侧车门，小竹会往上一蹿，若绊到了后腿，便会跌落下来瘫倒在地上。若运气不好，更会一个跟头栽下车来，一脸沮丧。那表情像极了父亲在如厕途中跌倒了身子，漏出了小便，又爬不起来时垂头丧气的表情，看得我很是心痛。

我把那个要不了多少钱的台阶摆在汽车左侧，如此一来，小竹的后腿软趴趴地踩在台阶上，体重压弯了不值钱的台阶，但跌落和翻倒都不再有了。而一旦乘上了车，小竹便是一副拿我所做的努力全然不当回事的样子，“喂，干什么呢！慢死了！”，像以前那样冲我大吼大叫，对尼克牙齿相向，以此催促我们。

从我的角度来说呢，很想用一句“小竹你等等”把它按住，让它坐正，告诉它“买下这个东西的人是我，心里惦记着你的人也是我”——心情就是如此。

我的车子是丰田 RAV4，一辆宽大高挑的家庭用车，为了丈夫坐在车里不至于含胸驼背，特意选了它。想当年小竹还年轻，家里只有丈夫老朽得腰腿不得意了，若蜷在车里很是痛苦。然而日月更迭，小竹的老态龙钟早已追过了丈夫，腰腿变得比他还羸弱。我真是大意了，我和小竹一起出门的机会要比同丈夫多太多了。

开着这辆车，我带小竹去了好多地方，不论是去购物还是散步。加州这一带，时常有风从沙漠吹来，那是几近将身体灼烧的热风。只有这种时候，我会把小竹留在家里，其余时间都会与它同行。也因为如此，我的车里可谓狗味儿扑鼻，扫除工作和除臭剂都收效甚微。还不只是味道猛烈，毛发也丛生其中，穿黑衣驾车出门的日子总令我狼狈不堪。

出于不想染上狗味儿的理由，我丈夫也罢，沙良子也罢，都不愿让小竹坐他们的车。所以他们的车子既无臭味，也无毛发。可即便如此，每逢迎宾送客的时候，还是不得不动用我这辆最宽敞的车。至于风评嘛，自然是臭名远扬，遗臭万年了！

没过多久，小竹钻不进车里了。它开始失败，跌落、翻倒。尽管简易台阶起了几回作用，但是没有过多久也变得困难了。如今去散步已不再开车，买东西也不再带上小竹了。

散步变成了点到为止。将家门前的那条路走到尽头，再折返回来，不过十来分钟的工夫。从前不曾列入散步范畴的距离，如今对小竹来说却是一场劫难。小竹不仅步子迈得困难，还时常停下脚步，摆出一副“差不多得了吧”的表情，我只好曲奇在手，哄着它走。我把曲奇悬在它嘴边，一边念叨着“慢一点，慢一点”，一边把曲奇放进它嘴里。倘若少了这句“慢一点”，它一定会不管不顾地张嘴便咬。如今的小竹，不但眼睛看不真切，牙齿也不听它使唤，危险得不得了。

从前看过的海狮表演上，饲养员接二连三地弯下腰身，从罐子里取出死鱼，投食。我就好像那位饲养员。

连绳索也没套，小竹步履蹒跚地走着。在别人眼里，那不过是一条徘徊不前的老犬，而我或许是那个违背老犬意愿逼迫它行走的主人。事实上，路人曾不止一次地叫住我。也有人从通行的车辆上，面带微笑地，或是以哀婉的目光打量着我。特地停下车子同我搭话的人也有。

小竹——就算我这样喊，它也听不见，所以我不能让它离开我的视线。

放在过去，它像一阵风似的就跑过来了。我若喊“Come！”，它就立刻来我身边，若喊“Down！”，它便就势趴在地上。即便它正向我迅猛跑来，仅凭一个“Down”字便蛰伏在地的指令也能毫无困难地完成。仅仅光凭一个手势，我就能让远处的小竹就地“Sit”，直到命令解除为止，它都会一动不动地坐在那里。啊，真是一只从梦里走出来的狗狗！然而就是这样的小竹，现在仍记着的就剩下日语里的“慢一点”了。

只剩下日语了。

我从没想到，一只无法服从“Come”的狗竟是如此令人不安。万一有其他犬类从它身后接近，那该如何是好！万一对面那条路的拐角处突然闪出一条凶猛的斗牛犬，又该怎么办呐！就算不是斗牛犬，是一条拉布拉多寻回犬，而它又冲了过来……还是说说那件事吧。小竹以前是袭击过其他狗的，而被其他狗打得落花流水、溃败而逃这种事，放在从前是无法想象的。

离我们常走那条大街不远的侧路里，住着两条狗。一条黑色的拉布拉多寻回犬，和一条吉娃娃的杂种犬。这两条狗会时不时溜出家门，在街上游荡，一旦与我家的狗狗狭路相逢，便会发出低嚎猛扑过来。我哪里能想到，那是一条狰猛的吉娃娃和一条更为狰猛的拉布拉多，起初还以为是玩耍性质的打闹，是闹着玩的，却见那两条狗龇牙咧嘴结伙而来，着实吓了一跳。

一边是以温厚而著称的拉布拉多，另一边则是以攻击性而闻名的德国牧羊犬，若换成年轻那些年，对面的肯定是不堪一击的，而被要求缴纳医疗费的，无疑是我这边。这种事情经历过太多太多次了。然而，最近以来每次遭袭，不堪一击的都是我们。小竹嘴上虽然叫得欢实，老腰却几近报废。尼克呢，尽管奋勇立战，却是寡不敌众。我只好抱起尼克，拖着小竹，落荒而逃。可即便如此，拉布拉多和吉娃娃还是顶着凶煞的面孔，咆哮着，一路追到了我家院子里。打那以后我时刻警惕着，但凡在道路前方认出它们的踪影，便一溜烟儿似的逃之夭夭。

以前小竹接受训练时，有个老练的训练师对我说："狗和狗一旦打起来了，狗主人就冲上前去给对面的狗咬，这样最划算。"我只当他说笑，一笑了之。但那却是事实，尤其是在这个兽医费用高得不像话的国家。

言归正传。散步归来后，我会给狗狗倒牛奶喝。在我家，这是一种仪式。

我先给小竹倒上牛奶，然后给尼克倒，接着再给小竹倒。若自己得到的次数不比尼克，或在分量上无法胜出，小竹都是不干的。为此，倒奶仪式总是迟迟无法结束。但不论我如何费尽心思，小竹都会在第一时间喝干牛奶，随后扭身走到尼克的食盆前，一言不发地盯视着，直到吓得尼克对牛奶不敢动嘴，踉踉跄跄地饮恨离去，小竹便喝起来。这同样是仪式的一环。

正是为了享受此项仪式的乐趣，小竹才勉为其难地拖起沉重的腰身出外散步。刚一回到家门口，尼克还慢慢悠悠地在信箱旁嗅来嗅去，小竹已经迫不及待地兀自进了家门，在自己的食盆前等候。终于，它等得不耐烦了，把嘴伸向牛奶瓶口。"不许对嘴喝！"尽管每次都挨我训斥，小竹呀，它才听不进去呢！

屁屁那些事

我想稍微说说和屁屁有关的那些事。

也许已经有读者朋友们觉得，文章里太多次出现这种东西有碍心情。众所周知，这的确是个鲜有人愿意一闻的话题。或许我应该为本书添上“进餐勿读”的副标题。不过还请看清现实吧，和狗狗们的生活是少不了狗屁屁的。回想起来，至今为止已经近十四年了，眼中无便、未曾隔袋取便的日子，怕是连一天也没有过。因诸多状况惹粪上身的经历倒是有好几次，比沾染自己屁屁的次数还多。

接下来要讲述的，是三个月前的一件事。之前我也曾写道，犬类的三个月相当于人类的三年。换句话说，倘若今天是小竹的百岁寿辰，当时便是它九十七岁那一年。

那天小竹刚一上车就拉屁屁了，一摊充分混合了鸟食的屁屁，于是小竹二话不说享用起来。并非一口一口地细细品味，而是不加咀嚼地囫囵吞下。

呜呼哀哉！

小竹吞下自己的屁屁让我震惊不已。男根也罢阴毛也罢月经也罢，早已眼界大开的我却仍有视为禁忌的事物，而小竹不费吹灰之力便将其打破，这同样令我无法抑制自己的哀叹。

有一点必须事先声明，人类是不食粪的，更不用说是自己的粪便了。哪怕有人肯喝下自己的尿液（过去我曾因身心消耗殆尽而被从印度归来的主治医生推荐了饮尿疗法，郑重其事地喝了段日子），他也决不食粪。但小竹偶尔会钻进公园的草丛深处吞吃粪便，不过我很清楚，那是人类的粪便，而且当时的小竹还是毫无自律能力的原生形态，在无意识的情况下，“咕咚”一下——就像咱们吸溜吃下自己揭下的疮疤和啃掉的指甲那样（哎，你们都不吃吗？）——吞下了粪便。

太久了，那时小竹尚还朝气蓬勃，同我和尼克四处闲逛时在公园草丛里发现了兔子的尸体，并在我回神阻拦前，就已从头部开始咯吱咯吱大快朵颐。自那时以来，我太久不曾被这样震惊过了。唉，其实那时我若极力阻止，还是能够挽回状况的。比如紧紧按住小竹的嘴，把尸体从它口中拽出来——若是能那样就好了。可是，我实在不愿去触碰那尸体。在谈论屁屁时毫不避讳的我，对触摸兔子的尸体却有着极深的抗拒心。

说是尸体，可不是什么刚断气不久还鲜味儿十足的东西，起码是隔了一夜的风干货。那东西眼看着在小竹的口中粉身碎骨了，不一会儿工夫，就连忽悠忽悠垂在嘴边的几只小脚也被吞了进去。我目瞪口呆地观察着捕食者与生俱来的残暴与凶猛，甚至从中意识到了美。

小竹饱餐一顿过后，与我同样自始至终呆立在一旁观看的尼克伸直了后腿，挺起身板去舔小竹的嘴角。“真不错，我也想尝尝，味道如何啊？”已进入了忘我的状态，只剩下捕食者的血液在体内流淌（令人不由得如此想象）的尼克正在对小竹低声细语。

再说回屁屁。吃进去的已经覆水难收，至少该避免剩下的部分重蹈覆辙。我想让小竹先下车去，好把便便收拾干净，可是小竹的心情被散步的念头占得满满的，它倔强得说什么也不肯下去。散步！散步！它一边叫着一边跺脚。这样一来，屁屁将被踩得稀烂，变得黏黏糊糊，到处都是。原本已充满狗臭的车里也便涂四壁，便臭难耐，那味道还能否洗净，我也没有把握。在一刹那的惊愕与动摇之后，我迅速振作起来，瞬间想出了对策。我大声喝止了小竹，并趁机用座椅上对付掉毛的布罩裹住了屁屁，一齐扯了下来，将剩下的那些“罩单全收”了。

然而事情并没有就此结束，几天后小竹又故态复萌了。还是在车里，小竹又拉了，但这次没有吃。不吃的话那不过是普普通通的排泄物，我早已习以为常，于是从容不迫地收拾干净。第一次时的心慌意乱，归根结底，还是惊讶于小竹食粪所致。

当时小竹拉出的并不是稀便，是普普通通的健康的屁屁。既然如此，只需憋住了那股劲，并不至于破“门”而出吧？会这么想，是外行人说外行话。有好长一段时间了，小竹不再像一般犬类那样收起屁股拉屉屉，而是走着走着屉屉自己坠落下来——由于肛门周围的肌肉松弛了，屉屉一截一截地散落下来。随着肌肉的进一步松弛，连排便的感觉也将变得荡然无存，就和父亲的状况一样。

同独自生活的父亲通电话时，话题几乎都围绕着腹泻与排便。排泄与人类的营生之间竟有着如此之深的瓜葛，令我颇有触动。回想起来，怀孕和育儿的过程亦是如此，每天由排泄而始，以排泄而终。而如今，年老的父亲仍然要与排泄朝夕相处。可以说，这件事就宛如生的代言。

据父亲所说，有时在卫生间里，不经意间，能够亲眼见到大便兀自滑出并被压扁在纸尿裤（父亲是四角形纸尿裤的爱用者）里的全过程。在目睹过上述光景后，父亲深受打击，因为当时既没有排便的感觉，也没有如厕的意愿。

“正因为和你是亲子，我才说得出口啊！”父亲总是表露出些许的羞耻之心，却又总在倾诉的欲望面前甘拜下风，向我和盘托出。我回熊本时，哪怕是在就餐过程中，他也会脱口而出。回想起年幼之时，若在饭桌上谈论此事，必定会在父亲严厉目光的注视下收场，更会被严声厉色地告诫“进餐时不谈此等话题”。而现如今呢，不论进餐与否，他都无暇顾及了，向我高谈阔论便尿之事，随后还要添上一句：“年岁不饶人呐！”

小竹就不一样，没有“年岁不饶人”的喟然兴叹，没有

“滑出来也无可奈何”的随遇而安，也没有对于不净的意识。

还有，虽然对一样东西能否食用有所辨识，却并非具备了苦与臭的感觉。在拉了屁屁的车里吵着闹着要去散步，在屁屁上踩来踩去，小竹却不走“心”。大概，是我对那臭味敏感了吧。若问我那东西可否食用，我自然要回答不可，但若问我这样回答有何根据，为何打心底里拒绝将其放入口中，我却无言以对。

小竹的房间

小竹头一次在床上拉屉屉的时候，场面非常富有戏剧性。

那次被大家都看见了。懒在床上的小竹“呜”地哼一声，换了个姿势，于是我和女儿们的注意力一齐集中在了小竹身上，只见它一半身子滑下寝床，爬不起来了，脸上的表情好像在诉说着什么。我们跑过去一瞧，原来是拉屉屉了，然后它紧张得站不起来了，不，也许是因为紧张才拉屉屉的。

屉屉稀乎乎的。我们都很同情它，你一言我一语地鼓励它，安慰它：“小竹不要紧，别往心里去，常有的事（真的假的），上了年纪大家都这样（倒是实话）。”小竹释怀了，终于站起来，走到外面去又拉了些稀便。我们则把床边收拾一下，把床罩扒下来丢进洗衣机。那张床是新买的，软乎乎的，一趴上去身子就会陷进去。大概和先前又薄又硬的坐垫不同，紧急时刻小竹不知怎样才能使上力气。于是我们把原本打算丢掉的坐垫又请了回来。打那以后，小竹就趴在那上面了。

可是后来，没有小竹的床边仍会隔三岔五地出现三两坨屉屉。哎呀它又拉了，又拉了！说着说着我们也都习以为常了。

有一天，小竹坐在我脚边的犬卧上，我坐在椅子上正对着自己的写字台。忽然间闻到一股臭味儿，我便看向小竹，小竹一脸不知情地坐在那儿，尾巴底下盖着一坨屁屁。忽然觉得臭了……这种事也时有发生，大抵上是它放屁了。

唉，这篇充斥着便尿的文章里，终于，连屁也在所难免……对不起，但既然写到这里了，恐怕是没办法的。

不可思议的是，犬类不会像人类那样响亮地放屁，它们的屁，都是闷声的。当年小竹和孩子们坐在汽车后座上，“小竹好臭喔！”“小竹放屁了！”，常听孩子们这样喊叫。由于小竹长年坐在后座，驾驶席上的我对那味道可谓“闻所未闻”。

直到最近，小竹在我的房间的我的脚边待下了，我这才了解到，原来小竹的屁来得如此频繁。

上岁数以后，小竹的屁似乎来得愈加轻巧了。它就好像一个过了更年期的女人，浑身上下的肌肉都贫弱了，屁也罢尿也罢，都变得容易不请自来了。咳，我可不是在说自己的事哦，仅仅是陈述事实罢了。小竹若是一个女人，何止是更年期，都已过耄耋，浑身上下开口的地方也罢，长肉的地方也罢，会变得松松垮垮也是理所当然的。

更何况，犬类没有人类那种在他人面前的顾忌，并非岁数大了，意识稀薄了，才开始当着人面放屁的。不管怎样，在我房间的我的脚边，小竹不停地放着屁，而我也已经习惯了。

不过这次实在是臭不可闻。我看向小竹，小竹摆出一张愤懑的脸——“我哪儿知道！”——它的表情仿佛在这样说，然后便出了房间，留下三颗不论怎样看都是屁屁形状的，软硬适中的、健康的狗屁屁。

我垫着厕纸把那些拾起，丢进马桶冲走，把地板擦净，把窗户打开让空气流通。这时，依然板着愤懑脸孔的小竹回来了。“我真的不知道啊！”它一边叫着，一边仿佛什么都没发生过似的，坐进了犬卧。

有什么东西让我隐约感觉熟悉，哦，是小竹的表情。

有个朋友曾和我说，她的母亲因认知障碍时而会遗漏大便，走廊里常掉落已经干燥的便便。她话里的“便便”，是东京一带的地方话。换句话说，我也是在“便便”的耳濡目染下长大的。“屁屁”则是长大成人后才开始使用的字眼，年轻时我一直视它为卑语。而时至今日，“便便”在我心里也或多或少包含了敬语的感情色彩，不论是对于会排便的人，还是对于大便这一事物本身。

那位伯母的状况不仅限于大便，已经到了厕所门前却因未能及时进去而遗漏小便的事情也时有发生。而每次友人向她提起此事，她都会甩下一句：“我哪儿知道！”

小竹的“我哪儿知道！”一连持续了三天。第一天，我一言不发地收拾干净了。第二天，我开始试着提醒它：“又拉了哦！”等到第三天，我说：“小竹，再这样我可要生气了！”

说着，我喊来女儿们，补上一句："你们瞧啊，小竹又拉屁屁了！"

如您所见，我们家里人都习惯说"屁屁"，究其原因，那是前夫的词汇。在我俩创建家庭之初，"便便"，我刚一开口他便会说："别跟我提那个词，那可不是我会用的字眼，只会让我想起黏黏糊糊半稀不干的屎，甚至有种粘了一手的感觉，从今往后希望你能学会说屁屁。"他就是这样一个在关西语圈儿长大的男人。

是屁屁还是便便又有何所谓呢？对象是狗狗的话，既不必向它点头哈腰，也不必受它语言虐待，那是多么轻松惬意的一件事啊！面对着屁屁，我的意识总能在瞬间绽放，无止境地扩散出去。

话说回来，那个"我哪儿知道！"的表情又该如何解读呢？当真是因为它在心里过意不去吗？还是单纯对领地内出现屁屁有所不悦呢？拉过屁屁后，小竹若无其事地走去起居室，在那儿的犬卧上坐下，等收拾干净了再若无其事地走回来。

此后，事情进入了下一阶段。

某天，我正在屋里工作，忽然脚边臭了起来。低头看去，小竹睡意正酣，身体和神志皆已松松垮垮。仅仅是睡着，并非在拉屁屁。我拾起它的尾巴，底下什么也没有。而在我手中，尾巴被实实在在地握着，有着切实的触感和切实的重量。被抬起了尾巴的小竹以仿佛在问"干嘛？"的神情看向我，很快又重返梦乡。年轻时的小竹，不论摆出怎样一副熟睡的样貌，只要我有所行动便一跃而起。如今的小竹却一动不动，只有喘息时起时伏。我手中小竹尾巴的重量，便是它存在的重量了。小竹一边熟睡着一边放出屁来，屁放出来了，也不见它从梦中醒来。

再后来，事态有了更进一步的发展。

某个大白天，我正在屋里工作，突然听见“噗噜噗噜噗噜”的声音。一看脚边，小竹神色泰然，冒着泡地拉着稀便。我在一旁静待它拉完，拉完了，也不见它有任何想要起身的意思，宛如对整件事情全然不晓。

我站起身说：“小竹，过来这边。”并指向屋外，于是小竹懒洋洋地站起来，从我办公室一路走到了起居室的犬卧前，坐下了。然而房间各处、起居室的犬卧，还有小竹的半个身子，都给那条沾了稀便的尾巴蹭得一塌糊涂。

我给小竹擦起了屁股。若不用力去擦就擦不干净，可若太用力了，小竹的老腰又承受不住。于是我交叉双臂从上方搂住它的腰，一边用腕力撑起小竹，一边增加擦拭的力道。它的腰细极了，摸起来见棱见角。回想五六岁时的小竹，好比一个年富力强的中年女性，任谁也想象不到，当年丰盈的腰身竟会变得如此弱不禁风，瘦骨嶙峋，随时都可能铮铮作响。

如今我所拥有的，正是小竹当年那种中年女性的生理与体型。正因为此，我才怎样小心也瘦不下去吧。

我想起了年轻时体态丰腴的叔母，曾有一次她洋洋得意地说："最近我瘦下来了！"膀大腰圆的叔母啊，是姊妹里块头最大的那个，体型最宽的那个。同样个儿高体胖的母亲每次见了叔母，都会甩出"哎哟，你该不是又胖了吧？"这种孩子听了也难免隐隐作痛的言语。而炫耀"瘦下来了"的叔母还曾说过"人过八十，不瘦也难"。

可不想熬到八十啊！我在当时曾这样想，但是现在回想起那句话来，再看看小竹，我便觉得小竹和年过八旬愈加消瘦的叔母真的好像。或许就像叔母说的，等我活过八十也会瘦成皮包骨吧，像叔母那样，像小竹那样，像在医院卧床不起、随病而衰、瘦高瘦高的母亲那样，像食欲尚可且不曾消瘦、体质特异而从不发胖、浑身肌肉贫弱得无法支持内脏而只有腹部莫名突出的父亲那样。

抱着小竹的细腰，我首先想到的，自然是母亲临终前的腰身和手脚，以及父亲细得快要断掉的腰腿（身上倒并非如此）。人终有一死。"哀生叹死者，愚也。"[1] 然，斯是陋室，臭不可闻。

[1] 译注：あはれといふもおろかなり，出自莲如上人的《白骨之御文》。

供养

吃饭、散步，散步、吃饭，这便是小竹的日常。

年轻的时候，只要听到“散”“步”，或是“/ wɔ /”的召唤，小竹便在期待下爆发，四处奔跑着、跳跃着，把东西撞倒了、弄坏了，踹跑了尼克，或咬它来撒气。跨过中年以后，只要钻进前往散步地点的车里，小竹便会发出声嘶力竭的喊叫，直到抵达目的地为止。我的耳朵被那叫声震得嗡嗡作响，它飞散的口水打湿了四周的一切。我也冲它大吼、拿杂志丢它、用水泼它，尝试了各种方式的抵抗，然而一无所获。在汽车尚未停稳之前，小竹的吼声是不会停止的。这些状况，先前都已经介绍过了。时至今日，乘上了车的小竹还是老样子。那是沁入犬心的期待、沁入犬心的行动。然而，虽然以相同的形式吼叫着、吵闹着，那却是因为如今的小竹已经厌倦了散步。

散步太麻烦了！虽不至于疼得哭出声来，关节却在吱吱作响。唉，何苦出去散什么步呢，趴在家里睡大觉不好么……

散步被一拖再拖。拖到了太阳当头的时候；拖到了草丛上的露水已经蒸发得一滴不剩的时候；拖到了阳光照在草木上、射在狗狗身上的时候，太阳晒着它的老骨头，让维他命D被充分地吸收，腰腿也不再“满腹牢骚”的时候；拖到了尼克不论怎样在草丛中闲庭信步，也不会将肚皮蹭成一块湿漉漉的抹布的时候。

全身沐浴在午前充沛的阳光下，小竹慢吞吞地走着，时不时地停下脚步，打起返程的主意。我把曲奇碎块丢在地上，哄着它挪动一步算一步；小竹嘎吱嘎吱地咬着曲奇，一步一步地跟上来。“慢一点，慢一点”，我边喊边走；慢慢地，慢慢地，小竹且吃且行。

我考虑起了父亲的事。

眼下正在对小竹做的事情，也正是我想要对他做的事情。我想帮他站起来，站起来走一走。

说实话，我是希望他能沐浴着阳光，去公寓后面的公园里散散步，但那恐怕太远了。或者，哪怕只是在公寓前的那条过道走上几个来回也行。若连这也无法实现，那么就在家里，在玄关和起居室间折返几次，也可以。“能增强肌肉力量，还是走一走的好。”给独居的父亲搭把手的护工是这样说的，我也是这样想的，可倔强的父亲说什么就是不肯。小竹就不一样，即使再有不满，也仍然会照顾我的心意。所以我才在这里尽心尽力，把原本要给父亲的深切关怀，倾注在我的爱犬身上。

我细心关注着小竹的一举一动。它拉了屁屁我就给它擦干净，老腰撑不住了我就替它撑住。我问它寒暖，不分早晚。它吃了东西我就夸奖它。它睡着了，我看不出它是生是死，就把耳朵贴在那张死去一般的睡脸上，听它喘息。或许，这些正是独居熊本的老父亲期望我能为他付出的。

说什么或许，尽是些心知肚明的事，那不正是父亲最真切的愿望嘛！我了解得是如此透彻，又是如此痛彻。不想一个人死去，不要孤独终老，不愿孤老而终……然而在诸多状况的阻挠下，那却是不被允许的现实。

难道，事情就不能像供奉佛像那样吗？把佛像供奉起来便好，不论由什么人，在什么地方，如此一来，那份心意便还给了佛，进而还给了自己。事情就不能尽如理论吗？

这又好比师恩浩荡，永生难报，但是借由对后来者的尽心尽责，亦可以报答师父当年的恩情。很久以前，一位曾经备受其关照的师父如此教导了我，我也心领神会，为报答他的恩情，对后来登门的年轻人们照顾有加。

若赡养老人这件事，也能像供奉佛像和报答师恩那样，把给予其他老人的照料，归还到自家老人身上就好了。通过善待此方的老人老犬，赡养彼方的老人，若能这样就好了。

第三章

路易的祖父

路易的祖父

父亲去世了，就在上一篇《供养》刚刚完成的时候。“若赡养老人这件事，也能像供奉佛像和报答师恩那样，把给予其他老人的照料，归还到自家老人身上就好了。”就在不久前，我还曾这样写道。

事情发生的前几天，我回了熊本。父亲的身体已经十分虚弱，但我万万没有想到，再过十日他便将辞世。以前我每次回到他身边，他的气色都有所好转。我自以为他不出几日便能恢复，结果却日渐衰弱。他开始吃不进东西，发不出声音，也无法下地走路。一直扬言不愿住院的父亲，这次却放出话说：“等你走了（——我计划要去东京），我就住院。”

第二天，医院派车来接他。送走父亲后，我开车带上路易，前往医院。“等稿子截了我就回来。”留下这句话，我带着路易返回了自己的家（除父亲家外，我在熊本还有自己的家，晚上睡在那儿，工作也在那儿做），花了几小时将原稿完成。随后，我带着路易再次回到医院。医院停车场里修有屋顶，安全可靠，我把路易留在车里，自己跑了进去，哪里想到十分钟后父亲便去世了。就连他的主治大夫都没有想到，路易也没想到。

当时，我走进住院楼，大夫在那儿，他向我说明了情况，我们商量在我前往东京期间若有状况发生时该如何应对。“可能性非常高。”听到这话，我揪着心走进了病房。父亲似乎沉睡着，脸色差到不能再差，相比以往更接近死者的容貌了，想到这里，只见父亲忽然用力喘息两次，之后便没了呼吸。父亲没有呼吸了！就在这个念想闪现的瞬间，大夫冲进来：“伊藤先生心跳还在，但呼吸已经停止！比吕美女士，请握住您父亲的手！”我紧握着父亲的右手，脉搏在那里跳动。大夫握着父亲的左手，紧紧盯住监视器。单调的监控音在那里持续地、单调地跳动。转而，那声音变得更为单调，不知从何时起，手中的脉搏消失了。几时，几分，大夫看着表说。

后来，我忙忙碌碌处理了许多事情，把路易寄养在兽医那里，之后又是葬礼，又是东京。长女加奈子当时正巧在日本。有孕在身的加奈子为了让外祖父和日本的父亲瞧瞧新婚夫婿和大大的肚子，从加州跑来了日本。

她的肚子外祖父见到了，红包她也收下了，之后去看她父亲时，外祖父去世了，好在赶上了葬礼。我从兽医那里接回路易，同它和加奈子住了些日子。后来加奈子回加州了，剩下我和路易两个。又过了些日子，我把路易寄养在兽医院，自己回到了加州。熊本再没有我的牵挂了。

这里有小竹。小竹的衰老和父亲的衰老曾在我眼中重叠在一起。如今父亲不在了，那种感觉也消失了。小竹还在不断衰老，然而看着它老去，我已不再能感受到那种刻骨铭心的悲伤和焦虑。在小竹身上倾注的关爱几经辗转去到父亲那里，怎么可能有这种事呢。留给我的只有懊悔 —— 这样那样的事情，若都给了他就好了。

不过还有路易在，长期逗留在 T 田动物医院的路易。哦，对了，还没来得及介绍呢。

路易是父亲的养犬，十一岁了。

十一年前，我把路易硬塞给了父母。多一条狗，能给二老寂寞的生活增添不少活力吧，我是这样考虑的。他们的日子确实活泼了起来，可是三年后，母亲住院了，这一住就再没有回来，剩下父亲和路易相依为命。母亲离开后那八年里，全部的重担都落在了一条狗身上。大家都指望它了，这只看护名犬。父亲偶尔会发发牢骚："路易连一句话也没有啊。"不过我也有听他说过："我睡着了，路易就过来趴在我身上。"那重量是父亲在日复一日的生活中唯一能感到的温暖。

至于路易的品种，嗯，我想是蝴蝶犬。

母亲不在身边后，父亲唯一的家庭乐趣，就是把自己的食物分给路易。每天都分到堆积成山的食物，路易胖了，胖得肥嘟嘟的，胖得哪里还有蝴蝶犬的模样，都快胖成一只柯基了，一只长着圆圆脸和圆圆眼的柯基。幼犬时那对大大的耳朵，如今也显得小了许多。

后来，路易患上了癫痫。一旦发作，整个身子都抽搐起来，颤抖着、摇晃着，会小便失禁、会口吐白沫。发作几分钟甚至几十分钟后，它苏醒过来，躲进微暗的地方，钻到家具背后或底下不出来了。父亲担心得满屋找它，猫下腰去找，结果自己摔倒了，出了好大的乱子。过一会儿，它出来了，仍然颤颤巍巍，表情也不明朗，身子被白沫弄得黏糊糊、脏兮兮的，过了约半日，才终于缓过来。为此，它每天都要吃好几种兽医开具的药物，简直和靠大量服药度日的父亲没有两样。

打那以后，路易的舌头就一直在右嘴角耷拉着。似乎是癫痫发作时，那里的神经被咬断了。耷拉着舌头，路易不是一般的邋遢。而那条耷拉着的舌头，也不是一般的长，长到了前所未见的长度。

路易不仅肥胖、癫痫、耷拉着舌头，它的肾也不好，心脏也一样够呛。

兽医是这样嘱咐的：油腻的东西万万吃不得，人类的食物它都得敬而远之。尽管如此，父亲还是专挑“好吃的东西”分给路易。所谓“好吃的东西”，无外乎就是块大膘肥、煎炒烹炸的东西了。一到吃饭的钟点，路易便用它那肥胖的躯体撞向父亲，大喊大叫着催促他。“哪儿有你这么吵的！”父亲一边说着，一边用筷子一样一样地拨给它。那两位就是这样朝夕相处的。

然而就在父亲离世前三天，路易落跑了。

“哎？有个非人的东西从自动门溜走了。”公寓管理员当时诧异了一瞬，但为时已晚。等我接到通知，第一时间赶到父亲那里时，管理员正板着一张严峻的脸，四下寻找着。他一定也很清楚，这条狗对于父亲的生命来说有着怎样的分量。

我拿着套绳，沿以往的散步路线寻找。哪儿也没有，也没有尸体倒在街头。不论是和牵吉娃娃的人打听，还是向遛狮子狗的人询问，都一无所获，我就这样沿国道一路走到了河堤。河堤上有高中生在慢跑，我上前询问负责计时的女生，于是她说：“哦，那条狗往那边去了。”

我在河堤上遇到一对领柴犬的夫妇，于是向他们打听。“在桥那边呢！”他们说。我跑过河堤，在桥下又遇到一个牵贵妇犬的人，于是也向她打听。“看你手上拿着套绳，想也知道是怎么回事，”她同情地说，“我是从那边来的，没遇见它，正要往这边去，会帮你留意的。”她爽快地答应下来。这是一个和我差不多岁数的大婶。

怀着崇敬的心情同她交换过手机邮件后，我继续往前走，走到一条有车辆通行的马路前。是过马路（离家走远）呢，还是不过（不走远）呢？考虑到路易的性格，应该是后者。避开马路继续前进，河堤在眼前分成了两股。我向从其中一边走来的高中男生询问。“不，没在这边见过。”高中生说。于是沿另一条路继续行进，在河堤下方，有车辆通行的道路对面，看见一群吵吵嚷嚷聚在一起的高中女生，她们脚边躺着一团圆咕隆咚白花花的东西。我一眼便认出那是路易。该不会是被车撞坏了吧！我冲下河堤，闯过马路，跑过去一瞧，路易没事。它见了我，一副“哎哟，这还真是，失敬失敬”的德行，蹭、蹭、蹭、蹭地蹭了过来。

在我的询问下，“它在马路中间晃荡来着”“会被车压到的”“你也觉得会被压到吧？”“我们把它抓到便道上”“就把它领来便道了”“我们打了项圈上的号码，是个爷爷接的”“有个爷爷接的，可是完全听不懂他在说什么”“一点也听不明白”“就不知道该怎么办了”，少女们争先恐后地抛出只言片语，我姑且听懂了，于是便有了上述手记。

我向她们每一位表达了真挚的谢意，同她们道了别，又给贵妇犬的主人打了电话，报告说找到了，之后便领着路易往家走。一路上，路易一边撒着压根不存在的尿液，一边不紧不慢地溜达着。我的计步器计了近一万步。堤上堤下都开满了樱花。焦急等待的父亲已是疲惫不堪，身心“交病”了，是如字面意义的身心交病了。“这个浑蛋！”他冲着路易，用沙哑的声音训斥道。“孩子们打来电话，可我发不出声音，什么也说不出来。”父亲哀怨地向我倾诉，随后又骂一句：“这个浑蛋！”

第二天，父亲一整天的状况都不好。半夜三点他打来电话，我把耳朵贴在听筒上使劲听，只听到“呜呜”的呻吟声，于是二话不说朝他家赶去。我看了眼手机，有好几通未接来电。是我没有能醒过来，让他受委屈了。

进到父亲家，路易正趴在床前，守着父亲。父亲靠在床头，垂着脑袋。“我想上厕所，可是太远了，走不过去……”他呻吟说。不过两步的距离，我搀扶着他去到厕所，清洗干净，又搀扶着他回到床上。“我难受，难受……”父亲说，“肚子这里疼……”我给他又是揉又是搓。路易也蹿上了床，一个劲地盯着我看，然后自己也伸出了爪子，一只揉不了也搓不了、无助而义重情深的爪子。它只好紧紧依偎在痛不欲生的父亲身旁。父亲躺下了，它就爬上枕头，依偎在他枕边。“干什么呢，你这家伙，快起来……”父亲说，声音中不见了对路易无微不至的疼爱——他已经没有那个余力了，但也并非想要赶它走开。

翌日早上，父亲住院了，然后去世了。打那以后，路易和我生活在了一起，跟着我跑东跑西。事务繁多时，我把它寄养在兽医那里。从东京回来，接待亲戚，办完葬礼，送走亲戚后，我把路易接了回来。我们又生活在了一起，有几天也和加奈子在一起。不论去哪里我都带上它，让它等在车里，每次回到车里都喂水给它；也带它外出散步，每次回到家里喂它牛奶作为奖励。和在加州时一样，我过着以狗狗为中心的日子。

路易应该从没有过过这样的生活才对，但它适应得很好。我叫它过来，它便走过来，跟在我身后；我说去散步，它便充满喜悦。遇见其他狗狗，它会毫不胆怯地上前嗅嗅；碰见生人，它也会表现得颇为亲切。在车里等候时，仪表盘上是它的固定席位。它趴在那上面，好像已由父亲家里的那条忠犬脱胎换骨。“爷爷呢？”它从没问过我，也没表现出要去寻找的意思。它总是一副天真烂漫的样子等着我。那表情看起来如此天真无邪，一定是因为那双圆圆的眼睛和那张圆圆的脸。

加奈子的工作是看护师，在返回加州前，她说想去拜访一所老年之家。于是我们开着车，由高速公路向八代驶去。九州正是鲜花开遍山野的时节，大叶栲、梧桐，还有山藤的藤蔓上都爬满了鲜花。

坐在后座上，路易老老实实的，那架势仿佛在说：“坐车什么的我早习惯了，去过好多地方呢！”其实并非如此，只有我带它去见兽医时，路易才有了坐车的机会，半年也不过一次而已。

从前，在那间公寓里，路易都是和爷爷生活在一起。它每天看时代剧频道，看棒球比赛，看相扑，等护工来了就能开饭。它靠着爷爷干巴巴的身体入睡，有时则会爬上爷爷的枕头，爷爷二话没说就把枕头让给了它。

“那天发生在爷爷身上的事，路易应该是不会去回想的，”加奈子说，“但是如今心里受伤最重的，也一定是路易，我想它非常清楚，爷爷已经不在了。”

老人之家入口处的阴凉地里，我们把路易拴在了那儿。向来一声不吭乖乖等待的路易，这天突然吼了起来。当时，有位拄拐杖的爷爷在逗它玩，后来车来了，爷爷上了车，路易见状吼叫起来，追在汽车后面。

——那天，爷爷坐着车子不知去了什么地方。从那天起，我就见不到爷爷了。妈妈把我领到了河堤旁妈妈的家。姐姐也在呢，我睡在了姐姐的床上。我在河堤上散步了，那里又大又宽广。我的住处和原来不一样了。爷爷没有回来，我也没有再回爷爷的家。我跟着妈妈和姐姐去了好多好多地方。那天，爷爷坐着车子不知去了什么地方，从那天起，我就见不到爷爷了。这个爷爷不是我的爷爷，但是他也拿着和爷爷一样的木棒，而且，他也有陪我玩，而且，他也上了车，和我的爷爷一样。于是我呼喊着："爷爷，爷爷！"我喊了那个不认识的爷爷，也喊了已经不在了的我自己的爷爷。只要喊了爷爷，不管什么时候我都有饭吃，有肉啃，所以我就扯着嗓子呼喊："爷爷，爷爷！"

一想到路易想起来了，我的眼泪就掉下来了，啪嗒啪嗒地往下掉。为我们介绍老人之家的人被我的眼泪吓了一跳，她目不转睛地看着我。对不起，我的父亲刚刚去世，我一边向她解释，眼泪一边啪嗒啪嗒地掉落下来。

返回加州的两三天前，我把路易交给了兽医。临回加州前连续几天的演讲忙得我不可开交。返程当天，我顺路去到兽医院，领着路易在那附近走了走。面对长着圆圆的脸、用圆圆的眼睛注视着我的路易，我深切地说给它听："没有人抛弃你哦！"

"若在出门前把回来的日子明明白白地告诉狗狗，它会一直等你的。"养狗的友人曾对我说。

出于这个原因，每次离开家时，我都会留话给小竹，说何月何日回来，再等多少个日子就好了。小竹一定会等着我。我想名犬路易也一定会明白的，所以，"七月二十号我再来接你，在那之前要在这里等我哦，好吗？"我用语言确确实实地传达给了它。

生日快乐

小竹十四岁了。虽然不会买个蛋糕再插上蜡烛，但我们会为它炖上一锅牛肉，年年如此，今年也不例外。

俗话说“好不容易在冥途上行了一里路”，我觉得“好不容易”和“爱犬的生日”也很搭对。确实如此，在短短的一年里，犬类要走过人类七年的岁月，大型犬则要走得更急，大步流星地迈向晚年。

父亲曾说“要摸爬滚打地活过九十”，然而未能如愿。八十九岁，仔细想想，其实很伟大，又有多少物种能活到这把年纪呢？犬类的话早已死去。然而死前的数月是悲怆的。就像落语[1]中的《死神》那样，面对一步步逼近的死，无法接受又无从抗拒，一边呐喊着不要，又无可奈何地任由它纠缠，任由它消磨，终于，它猛然将你一把揪住，按倒在地。

德国牧羊犬的十四岁，相当于人类的一百零三岁。虽已远远超过了八十九岁，小竹却并没有父亲所背负的悲怆。它只

[1] 译注：日本传统曲艺，类似中国的单口相声。

是平静地活着，平静地，就像被悄悄取走了一根头发一样（这是法然上人的说法），渡向生命的彼岸。

家里人都认为小竹不能坚持到十四周岁。生日前夕，小竹危在旦夕。而我在日本，死了父亲，事情接踵而至。

一个人的身后事委实烦杂，待处理的事情堆积如山。就在我四处奔走的时候，留守家中的沙良子和小留发来邮件，说“小竹不太对劲”。紧接着，“小竹憋不住屁屁了”，“又没憋住”。“这次它吐了”，“不吃饭了”，“一直待在屋里不出来”。“身子往左撇了，腿硬得像棍子似的，一走路就跌倒，晃晃悠悠地往墙上撞”。坏消息接二连三。我打电话回去，“恐怕是脑中风了吧”，丈夫说。

疑似脑中风还能由它待在家里，也只因为它是条狗了。身为人类的我颇有些羡慕，可以不用浑身插满管子就那样死去。五年前母亲瘫痪在床后，便插上了输送营养液、药物的点滴和氧气管。在家中养老的父亲和管子是无缘的，可是最后的最后，去世那天他住进了医院，在那儿接上了管子。管子从鼻腔通过时，他的意识已经朦胧，但脸上依然是痛苦的，是不情愿的。

“心里想着应该咨询一下火葬的事，可是一旦真的付诸行动了，又觉得它好像真的要走了一样，我不忍去做。”沙良子在邮件中写道。但小竹没有死。回到了加州，小竹果然还待在我的房里。“它变得有精神多了！”姑娘们异口同声地说，“妈妈回来前才不是这样呢，脸上没有生气，根本不从房间里出来，现在倒好了，活分多了，看着妈妈的时候，好像还在期待着能得到什么呢！”

太好了，不管怎么说，太好了……不论做好了怎样的心理准备，父亲死了，若小竹再有个三长两短，我就真的要承受不住了。

不过，从小竹的身上我确实看见了，看见它在劫火里，在焦热的地狱中，在黄泉的境界线上，在严峻的苦难中艰难地穿行，从它的脸上、身体上、毛发上、表情上，从已经不堪一击的这一切上面。小竹因此而丧失了许多功能。每天早晨，它在我房里泰然自若地排便，已经不是“憋不住”的程度了。

散步的距离也缩短了。原先它能走到转角处的教会，在教会的院落里兜一个圈再走回来。如今只是走到教会，便已筋疲力尽，只能从那里原路返回。常有路人问我：这条狗多大了？就算在普通人眼里，它也已是一条非常年迈的老犬了。尽管如此，小竹仍然没有放弃去嗅草坪和地面上的味道，不忘边走边收集情报，也依然没有放弃边走边在它认定的地方撒尿。尼克会跟在小竹后面，在和小竹完全相同的地方单脚翘起，撒自己的尿。

小竹的身体随着走动而愈加倾侧，一个劲地往右偏，走着走着就掉下了步道，或者撞到了右边的墙壁。它的身体因骨瘦而扭曲，臀部的肌肉消耗殆尽了，腿脚也不灵活了。

直到最近，与小竹身体状况如出一辙的父亲还一直活在我的眼里。我看着他，给他搭把手，搀他起来，扶他坐下，让他排便。父亲被不安占据了。眼睁睁地看着自己愈加不是自己，他愤怒了，转而又悲伤了。小竹却平静得不见一丝波动，没有愤怒，也不见悲伤。

小竹和耳漏

小竹的眼睛是一双好眼，脑袋侧面也不曾掉毛，唯有耳漏，是它从小落下的病根儿。有时耳漏严重得没法子了，只能去找大夫。这边的兽医收费颇高，给耳朵做扫除要花三万日元！大夫说，这都是过敏惹的祸。

然而过敏因何而起却无从得知，只知道那似乎与食物有关，过敏源被特定在了其中的两到三种。但不论如何小心谨慎，也无法避免偶尔出现的过敏反应：拉肚子了，耵聍堵塞了，到处搔痒了。小竹的腿脚又确实不好使了，总是无法准确挠到想挠的部位。我能够抓挠的地方，小竹只能乱咬一气。

这些过敏反应里当属耳漏最令它难受了。它哭着喊着抓耳挠腮、摇头晃脑、满地打滚，把耳屎甩得到处都是。

我抓住正在打滚的小竹，按住它的脑袋，把兽医给的醋味液体滴进耳朵，再把耳根子揉开，然后用棉签和纸巾把耳屎挖干净。最终挖出的是一团黏糊糊、黑黢黢，像煤焦油一样的东西。

当然了，小竹怎可能不反抗呢？但凡听到我们对着“耳朵”窃窃私语，小竹一溜烟儿就不见了踪影。我们会默默地追上去，把在自己床上缩成一团的小竹默默地、一寸一寸地拽到光线充足的地方。

我们始终保持着沉默，因为不想让小竹觉得它挨批评了。我们还秉持“自己的名字＝高兴事”的原则，在做小竹不喜欢的事情时，从来不喊它的名字。

小竹，它是不会采取更进一步抵抗的。

但若换成是尼克，则会因不愿意而拼命挣扎，发出抗议的哀嚎，用前爪拨开我的双手从缝隙中逃走，或是发出低沉的威吓声。小时候的尼克在服从训练上完全不得要领，甚至会有咬人的冲动。

小竹就不会，这些它都不会，只会扭过身子，把耳朵躲得远远的。不会逃走，只会发出悲鸣，但那并非在抗议，它不会吼叫也不曾咬人。

小竹从来不咬人。从手中叼走球和曲奇的时候，虽然偶尔会咬到旁边的手，但是凭自己的意志向我们咬来这种事，是绝对不会发生的。对此我深信不疑，甚至不曾考虑过这种信赖是否存有根据。

毫无疑问，这是服从训练的成果，可是我总觉得，事情不仅仅是这样。就像机器人从诞生之初就被编入了“不能伤害人类”的程序那样（铁臂阿童木告诉我的），小竹的犬心里也一定蕴含着“不能伤害人类”的程式。

大约在五年前吧，小竹的左耳廓鼓起来了。里面好像堵了一股气，摸一摸，温温的。带小竹给兽医诊断，原来是过敏引起了耵聍梗阻，小竹觉得不舒服就晃头，结果晃动的冲击造成血管破裂，虽然没有出血，但是分泌液积聚在了那里。总而言之，这属于节外生枝的病症，英语里称之为“空气耳”，性质并不恶劣，可待其自行恢复，但消肿后耳朵恐有变形，如有顾虑可接受手术治疗。大夫是这样解释的，我们自然是随它去了。

不过几天，水肿吸收了，耳朵垂了下来。耷拉着耳朵，熟人和朋友们都说小竹变得可爱了，变成了一条气质温和的狗狗。换句话说，一只“逆向折耳犬”。年轻时的小竹，在那些对它不甚了解的人们眼中，是一条令人望而生畏、不懂得变通，太阳穴上仿佛贴了膏药一般神经绷得紧紧的“大妈犬”。而那些登门拜访的人在小竹眼中则统统是小偷和贼人，除非留下曲奇，否则休想入内。

远方的路易

目前，路易正长期驻留在 T 田动物医院。

七月二十日那天我要去接它，然后和它一起在熊本住上一段日子。工作繁忙的时候，我还是会时不时地把它寄养在兽医那里。但是基本上，路易是要与我一同生活的。因为正值夏季，我不能把它留在车里，但我会尽可能地带它去各种可以去的地方。我会陪它吃吃饭、散散步，歇上一会儿，再散散步。等到了八月，我将再次登上由羽田出发的夜航，横跨太平洋飞回洛杉矶。而眼下，我正为了那时按部就班地做着准备。

前些天，T 田动物医院的 D 大夫在电邮里附上了路易的照片，那是由他操刀“剃光”的成果。

剃光是 D 大夫的提案。熊本的夏天对肥胖的犬类来说酷热难耐，尤其是路易，有病在身更是格外地怕热。剃光怎么样？他问。

那时我暂且回绝了。

其实早在几年以前，父亲尚能独自拜访动物医院的时候，就在大夫的劝说下，把路易拜托给他们剃了毛。我回熊本，是在路易刚刚被剃光后不久。而那时出现在我眼前的，是一只何其不可思议的生物啊！圆咕隆咚的，好像一个长了娃娃脸的大叔。狗儿肥嘟嘟的好像幼犬一样，可仔细一瞧，却长了一副去势后壮年雄犬的模样，身上的毛短了，臀部的赘肉就更显丰满了。说是几年前的事，细算下来，应该是如今（按人类来说）年过六旬的路易还是四十男儿的时候。当年的路易与其说难看，不如说是一只令人目不忍视的存在。无法成为完整的成年雄性，又无法维持年幼时的样子，如今连蝴蝶犬的特质也无法苟全了……每次想带它出去走走，我都会因那副丑态以及心中的沮丧和哀伤而挣扎一番。

大概是心境使然吧，总觉得散步时不断有人和我搭话。

习惯了美国式打开天窗说亮话的方式，我总是不可避免地会去认为，日本人那种毕恭毕敬的说话方式里多少带有几分负面情绪。他们不愿直视我的眼睛，只顾小心翼翼地问："那个，这只狗是什么啊？"

我这人可耿直了，不会答"是狸猫"或者"是似狗非狗的东西"，虽然也有好几次动了这个念头，但每次我都正正经经地回答："是蝴蝶犬，它太胖了，剃光了毛，仅此而已。"我还会开玩笑地说："是不是有点像柯基呀？"然而人们皆是一副不苟言笑的神妙表情，只顾"嗯嗯"地点头。

绝不能让那副丑态和那种自哀自责的心情重现。

我对"剃光"持反对态度。但我的姑娘们反对了我的反对。“不像样也好，难为情也罢，会这样想都是出于妈妈你自己的面子吧！为了路易本人着想，还是应该以舒适度为优先吧？”

是啊，一点儿不错。从现在算起直到八月，路易都不得不活在闷热的熊本，动物医院的空调设备虽然完善，但依然称不上凉爽。人们都说熊本夏季的酷热是被“下了咒”的。而进入八月后，还有在货仓中横渡灼热的太平洋并移居加州这项重大工程在等着它。终归，我在给D大夫的邮件中这样写道，“拜托您了”，把剃光的事托付给了他。

我点开兽医发来的邮件。就在剃毛后的路易充满屏幕的那一刹那，我惊呆了。太丑了，实在是太丑了！这些年来经历的岁月，全部给那副丑态加了分。

反正路易是不会读到这篇文章了，不如在此一吐为快吧！

全身褪毛以后，路易的躯体呈现出近似猪皮的粉红色，除面部安然无恙外，通体丛生着乱糟糟的毛茬，其丛生方式不论如何辨别，都与一位中年大叔无异。脸庞也是，完完全全的大叔味道。浑身上下散发出的气息不禁令我怀疑，是否连它的口气也是烟味扑鼻的。眼睛上方是两条粗眉状的纹路，舌头吊儿郎当地从嘴里耷拉下来。

我联想起了许多事物，譬如小时候令人怀念的《传助剧场》，还有熊本的乡土玩具妖怪金太。[1] 传助的眉毛，金太的与细棒身体不成比例的大脑袋，还有它一拉线便会吐出来的长舌头，都与照片上的路易极其神似。

然而不可思议的是，对于饲主来说，路易就是路易。

在看到丑态的瞬间，以压倒性的优势，条件反射出“可爱”的人，也是我。尽管担心那副过分的丑态在通过检疫关卡时会有不被放行的风险，但是一想到它的举止和表情的种种，“好可爱哦，好想快点见面！”——这样想的饲主这里就有一位。

[1] 编注：“传助”指日本昭和时代的老艺人大宫敏充塑造的一个形象，是光头、粗眉毛的圆脸中年大叔。金太的造型是圆脸、圆眼睛、耷拉着舌头的红脸妖怪木偶，身体是一根棒子，拉线便会扯动舌头。

伺候便尿，理当如此

父亲走了，小竹活着。与其说活着，不如说迟走了一步，但也还活着。

之前我曾写道，小竹睡着的样子让人分不清生死。近来，状况变得更为切实了。“它该不会已经——”而在下一秒，“还没呢还没呢”，像这样的事情一天当中要发生好几回。不过，类似“唉，终于”这样的想法已经不再有了。

我在父亲临终前走进病房，见到他时他的脸色已与死者无异。那之后他很快便辞世。小竹浑身是毛，虽看不见肤色，它的状况也仅凭一眼就可判断。在我看来，死者与生者之间就是存在着如此显著的差异。

即便与尸体再像，小竹也仍然会因散步而兴高采烈，见了曲奇也仍然会摇摇晃晃地站起来，晃晃悠悠跟在我后头，顺着它淌下的口水，甚至能一直寻到它的足迹。“身子倦得不行，半步也不想走啊！”父亲的声音仿佛正从那里传来。

小竹散步的距离缩短了。坡道也罢，有高低落差的地方也罢，如今它都不再能通过。路也走不直了。由于我的疏忽，让它离开了视线，它曾有好几回从步道的边缘跌落不起。

前几天散步归来刚进家门，我就被正在追逐兔子的尼克吸引了（尼克好似一匹跨越障碍物的骏马，以优美的身形越过栅栏，追逐着兔子。这一带栖息着许多野兔，它们时常出没于我家院里），等我猛地回过神来，小竹不见了。我便回头去找，发现了在步道落差处跌倒的小竹，正像父亲那样趴在地上“咿、咿”地求助，路过的年轻人特地停下车子，围在它身旁不知如何出手是好。好在我及时赶到，不论是人是狗都松了口气。

后来又有一天，忙着嗅来嗅去的狗狗们实在令人等不下去了，我便一个人扬长而去。说扬长而去，也不过就是走到十来米开外的地方，继续等待罢了。结果小竹发现我不见了，开始有些坐立不安，左右来回张望着。它当时脸上的表情，就像小孩子转眼就要号啕大哭。我高高举起双手，原地跳了两下，它看见了，认出是我，这才恢复了安稳的神情，慢悠悠地朝我走来。在对面忙着闻味道、留尿尿的尼克，办完了事情也飞快跑了过来。

尼克先一步跑了过来，我给它一块小小的曲奇。小竹也终于走过来了，我给了它一块大大的曲奇。“不论何时最先给小竹曲奇”的规则正在逐渐瓦解，一来小竹变得不那么在乎了，二来我觉得也是时候该照顾一下尼克了。

后来，小竹老得更厉害了。

它老得无法从床上站立起来，站起来也支撑不住，更不用说去做别的事情，整天都有气无力地睡在我房里。偶尔，它也有想起来的念头，可四条腿却撑不住身体，好像刚刚出生的小鹿一样岔着，“啪嚓”一下摔倒在床。我以为这就是小竹今后的常态了，然而并非如此。有些时候，它又突然做到了，站起来了，踉踉跄跄地，但还能走，我便领它出去散步。见了曲奇，起码在表情上还和从前一样充满热情，跌跌撞撞地跟在我身后。不过，从散步回来走到家门口时，台阶它已经迈不上去了，因此我们会绕到台阶较少的后门。小竹就像把自己的身体抛出去似的，倒在我腿上、墙上、垃圾箱上、冷藏柜上，尽管如此，它仍然前进着。

还有边睡边拉屁屁这件事，俨然成了家常便饭。小竹习惯了，我也习惯了。沙良子和小留也是，发现了，就一声不响地收拾干净，再打开窗户。

前些时候，我的朋友 C 问我：为何不让它睡过去呢？

“Put her to sleep”，直译过来是“让她去睡”。但意思并非叨唠着催她入睡，而是指实行安乐死。“Put her down”，也有这种说法。让她下去，下到哪儿去？英语里有许多婉转的说法，日语却一无所有。

“还不到时候呢。”我一笑了之。朋友听了没再说什么，不过——为何要受这多余的苦呢？不会有感而伤吗？对狗来说也是痛苦，行将就木却身不由己——我很清楚朋友言有未尽，而且，那恐怕还代表了生长在美国文化中的人的总意。

小竹老得更严重了。

这些天来，小竹净拉肚子了，就在刚才还拉来着。小竹边拉边走，让我想拾也拾不干净。心里觉得对不住公共道路和教会院落，将两条狗送回家后，我带着卫生纸、喷雾器和垃圾袋重返现场，把屉屉喷湿后再用纸擦拭干净。南加州的日照火烧火燎，刚拉的稀便已经干了大半，若放任不管，转眼间就会干成土，化成灰，风吹过后漫天飞扬。其实，恐怕也没人会注意到这里的稀便吧，我想，可既然做了就要有始有终。我蹲在地上吭哧吭哧地擦着，沙良子来支援我了。教会里、大街上，就连隔壁的工地里都杳无人迹的礼拜天午后，两个人肩并着肩，把小竹逐渐风化的稀便从广袤无垠的地球表面上抹去。

若换成父亲……我又考虑起这样的事来。

父亲不会只为几块曲奇就轻易上钩，也远非“身子倦得不行”的程度，但他一定会嘟嘟囔囔地抱怨说：“没必要非撺掇我干这种事吧！”而我，一定已经跑去推轮椅了吧。身子使不上力气，这我自然清楚，可如果不多晒晒太阳，筋骨只会越来越弱。所以才像这样，每天用曲奇诱小竹“出洞”，好歹让它走走。但若照这个势头虚弱下去，光靠走走也是于事无补。这里面多少有腹泻的原因。父亲每次腹泻过后，体力都大不如前，身体越发虚弱，精神也一蹶不振。

小竹拉过肚子后，好像精力消耗殆尽似地四肢摊平倒在了地上，只有肚子无声地、不住地上下起伏。

父亲在生命的最后两天已是气力尽失（尽管如此，两日后便去世的事我俩均未料到），我把他搀去厕所，拆下纸尿裤，为他擦拭干净。母亲临终前，同样的事我亦曾做过多次。给她倒便盆、擦屁股，也有伸手到坐便器喷出的水流中为她清洗。在生命的最后时刻，双亲都将这样的事托付给我，令我十分欣慰，有种“尽我所能了”“完成了”“挺过来了”的感觉。

不过是伺候便尿，却让人产生了如此感想，我觉得很不可思议。但是归根结底，那并非什么叫人流连忘返的愉快之事，好在事情不会无休止地反复下去。

在小竹身上也是一样。迄今为止的十四年，是每一天与屎尿相向的十四年。我已经分不清楚，正在写的是小竹还是屉屉。但即便如此也没有什么，我只是一步一个脚印地在路上前行。若把伺候屎尿当作天经地义之事，心中就好像面向大海叉开双腿一样豁然开朗。

第四章

来之命、去之命

来之命、去之命

长女加奈子的小宝宝出生了。我驱车疾驰八小时赶往他们居住的湾区，去探望小宝宝和产妇。

美国的产妇，产后一天便会被医院要求出院。小婴儿还是待在妈妈肚子里时的样子，产妇也和产前区别不大。第二天，我正为了孕妇模样的产妇和胎儿模样的婴儿忙得团团转，小留发来手机邮件，说小竹可能脑中风了。我赶紧打电话回去，得知小竹不能走路了，也站不起来了，只能控制不住地摇头，似乎比上次发作时还要严重；尼克吓得不轻，正撅着屁股冲小竹大吼大叫。

当时沙良子正在上班，老公也派不上用场，正放暑假在家的小留成了小竹唯一的依靠。直到傍晚沙良子下班回来，小留一直冷静地面对着小竹的老、病和死。原先那个连给小竹拾屁屁都不十分情愿的小学生，如今已经长成了个头与成年人相当的十六岁少女，可即便如此，谁又能想象得出她竟一个人怀抱着小竹，给它擦拭小便，收拾屁屁，又要照顾受到惊吓的尼克呢？

到了晚上，已将状况认清的沙良子打来电话，说再也容不得不去考虑安乐死了，说小竹的状态就是严重到了如此地步。

于是第二天，我再次疾驰八个小时赶回家里。

我想陪在小宝宝和产妇身边。小宝宝依然是胎儿的模样，母乳吃不利落，屉屉也没有排出。产妇还没有习惯做一名产妇，大大小小的事情该如何处理还尚未明白。想守在他们身边的愿望虽然强烈，但我很清楚，小宝宝是平安的，他有父母照料着，可小竹却危在旦夕。作为一个“母亲”，该陪伴的难道不是小竹吗？

我一边在山谷间飞驰，一边考虑安乐死。

以前曾听朋友说过，等养犬老得不能动了就去找专门上门问诊的兽医。朋友说那位医生为人很好，给人感觉不错，还说自己并不后悔。于是我便想象，有一位美国风情的待人温和的兽医，来到了家里。可是我越去想象，就越是无法想象。一位陌生的兽医来到家里，来终结小竹的生命。小竹睡过去了，变得一动不动了，而我们却目睹着这一切的发生。

当车由高速路驶入纷纷攘攘的洛杉矶市区后，沙良子和小留发来的“小竹——”如何如何的短信蜂拥而至。那时我车正开得飞快，能读出的只有开头“小竹”二字。若后面接的是“死了”“走了”，说不定反倒可以松一口气——就在这时，塞车了。我便读下云，“站起来了”“可以走了”，小竹顽强地活了过来。

等我回到家里，小竹还活着。在我目光的注视下，小竹做出了出乎我意料的明朗表情，仰起头来看我。妈妈回来了！它在心里一定是这样想的。我拿出曲奇，可是抑制不住摇头晃脑的小竹却无法将曲奇叼走，好在想吃的心情已表达得十分充分。我便把曲奇放在了它的面前，在数次的失败后，小竹以夸张得仿佛要吞下一整块蛋糕的动作，终于咬住了曲奇。

“昨天连头都抬不起来了，一直耷拉在地上，今天抬起来了，看我们了，也明白事情了。”沙良子和小留异口同声地说。

后来，小竹始终睡着。痛苦似乎已经消退。时而，它会“呜呼呜呼”地哼出几声，想必是有什么令它感到不舒服。我便走过去，替它把那东西除去，或是摸摸它，和它说说话。

小竹基本上待在我的房里。如果我们都去了起居室，它便会“呜呼呜呼”地哼哼几声。如果换作是它在起居室里，而且我在屋里工作，它也会同样嘟囔几声。每当这种时候，小留就会用毛巾吊起小竹，把它带去起居室；沙良子则像抱一只小羊一样，抓着小竹的前腿把它抱起来，再搬来我这里。

年轻时候的小竹可不喜欢给人抱了。现在也是，被沙良子抱了便发出不爽的哀嚎，可是一旦抱住了，脸上就天真得跟个小狗似的，任由沙良子摆弄。老了，各种事情都变得可能了。

我到家的那个晚上，大家一起商量过了。还不到实施安乐死的时候，这是我们一致的意见。

而在前两天，曾经问我为何不让它睡过去的友人 C 打来电话。“为什么不让它睡呢？”朋友再次问道。电话是我丈夫接的。事实上，她和我是很要好的朋友，我们像家人一样来往，互相帮助。我有烦心事了会找她倾诉，她的烦恼我也会替她分担。然而就此事而言，观念上的差异无论如何都难以调和。到了该痛下决断，让亲手养大的东西一睡不醒的时候，美国人太着急了，日本人又太不着急了。

总之，当时朋友问我丈夫：“为什么不让它睡呢？”

“这不关你的事，不用你管。”虽然想这样说，不过好歹忍住了，努力改换了措辞，向 C 传达了同样的意思——丈夫是这样向我汇报的。

“小竹并不痛苦，有孩子们整天照料着它，小留和沙良子是和小竹一起长大的，怎么能够只因为多多少少的麻烦和不便就把它除掉呢！”丈夫说。

小竹并不痛苦，它不过是越来越老，离死越来越近罢了。姑娘们整天照料着它，就像照料着死在远方的祖父母那样。

小留从两岁起便和小竹生活在一起，她的人生里随处都是小竹的身影。沙良子在青春期最无序的那段日子里接过了训练小竹的重任，打那以后小竹仿佛就是她的一条影子。

再过几天，我就人在日本了。“妈妈不在的时候他们都指望我拿主意呢，我可不干。”沙良子说。“到时候我说了算，你帮我就好。”丈夫说。

丈夫是个骨子里讨厌狗的人。虽然在决定领养小竹时曾被我们群起压制，但一直以来他对小竹既无热心也无爱心，这是再明白不过的事。他曾跟我讲，犹太文化本就忌讳饲养犬类，加之他年轻时曾令警犬德牧起疑，逃跑过程中遭其追赶（被狗追时逃跑只会起反效果……），险些被咬到屁股，还好仅仅撕破裤子——这段经历我也曾不止一次地听他讲过。原先难得同爱犬一起住在海边，我们却不能像其他养狗的夫妇那样，领着爱犬去允许犬类通行的海滩散步，回来时再顺道去允许犬类进入的咖啡店享受一番。这样的回忆连一次也没有过。可是现在，在生死攸关的事情面前，丈夫却同我们站在了一起，以一位家人的身份接纳了小竹，与我们一同就其生死而费尽心力。

猫、母亲和斗牛犬

长女加奈子夫妇养了一条狗，四只猫和一只龟。女方原本和起名叫节拍器（雌）以及震音（雄）的两只猫，还有龟类的阿岩（性别不明）生活在一起。这时男方带着一条狗和两只猫，与女方组成了家庭。现在，在这个大家庭里，小宝宝出生了。

这些动物，是两人从救助机构里分别领养的。

它们不像尼克和路易，是从繁育者那里买回来的；也不像小竹，出生在家庭里，随后被过继给了熟络的朋友。流落到救助机构的动物，它们身世可想而知，而就此展开的种种联想也不会伴有哪怕一丝的愉悦心情。应该说，它们是历尽千难才幸存下来的。至于它们的两位主人，两个本应忙于为自己拼搏的年轻人却饲养了如此数量的动物，加奈子也罢她的丈夫也罢，他们的境遇中也一定存在着无数难以言说的艰辛与不安。在这个犹如布鲁门乐队一般庞大的家庭里，唯有新生不久的宝宝，无忧无虑地绽放着光芒。

年轻时，我也曾养猫。恋爱了，分手了，结婚了，又离了。就在我最苦闷、身心千疮百孔的时候，心血来潮养起的那只猫成了我的家人、我的孩子。我给它取名小布。也多亏了小布，身心的伤愈合了，我又有了恋人。那恋人留学去荷兰了，我把猫丢给父母，就那么追了过去。后来回来了，生下了孩子，然后搬去了熊本。猫还丢在父母那儿。总想着什么时候接它回来，它却给车轧死了。

那一天，“小布它死了！”母亲在电话里哭着告诉我。

母亲替小布收了尸，清洗着路上的血迹，住在附近的K井阿姨也出来帮忙。小布喜欢到各家串门，K井阿姨家里它是每天必去的。那个时期正赶上K井阿姨劳苦不断，她的丈夫得了癌症，和病魔抗争了一阵子，死了。“那些个日子，小布每天都坚持来家里听我诉苦诉冤。”K井阿姨哭着对我母亲说。

打那之后，又过了很多年，有一只迷途的小猫误打误撞走进了我在熊本的家。

那是一只尾巴长长的虎斑猫，喜欢把白纸和白布套在身上臭美。就因为这个，性情乖僻的前夫非要叫它小白。一次我们举家出游，猫放在了兽医那里，就是这回替我照看路易的T田大夫。接猫时，我跟大夫说：“接小白。”“哦，小白啊！”说着，一只白猫被领来面前。“不是这只，小白它不白。”大夫听了，这次又领来一只几近全白的猫。一来二去，我家小白在里头听出是我，“喵喵”地哭闹起来。

后来，家庭失和，我踏上了漂泊不定的旅途。

一天，我试探着回到家里，小白已经不在了。孩子们哭着说怎么找也找不见它。于是我也和孩子们一起，不放过任何蛛丝马迹地查找起了小白的下落。然而终归没有找到。紧随其后的，是那个家庭的四分五裂，我带着孩子们移居到加州。小白消失以后，十六年过去了。时至今日加奈子和沙良子依然会说，小留就是小白的转生。

是啊，我是养过猫的。只不过这十四年来我一直对狗如痴如醉，把猫的事全部抛在了脑后，它们的性格也罢，走路的方式也罢，习性也罢，毛质也罢，体重也罢。在这双习惯了犬类的眼中，猫的一切都是那么奇妙。

如今在加奈子的家，猫咪们正悄无声息地往来其中。

婴儿床放在起居室里，猫咪们三番五次地往里钻。每当这种时候，夫妇俩便对猫咪说教一番，再把它们请下床。小婴儿由父母抱着，婴儿床里便空无一物。但夫妇二人若不在起居室里，猫咪们对那张床也不感兴趣。换句话说，钻进婴儿床似乎是种抵抗运动。猫咪由于无法在步调上达成一致，便三三两两地分头行动。对于请猫下床的那夫妇二人来说，就好像在敲打此起彼伏的地鼠。

不仅如此，头脑最灵敏，性情最难以琢磨的节拍器，还会反刍出胃里的东西吐在家中各处。光是我在那儿的两天，装婴儿用品的袋子和客房的床铺都被它呕过了。它那是在找茬，夫妇俩解释说。节拍器和加奈子的丈夫原本就水火不容，这回更是势不两立，这让她心痛不已。

对加奈子来说，节拍器就好比她的第一个孩子。

加奈子总想找机会逮住节拍器，节拍器却不给她任何可乘之机。加奈子在哺乳时，我在一旁看着，不知何时节拍器出现在咫尺之间，凝视着她，目光仿佛深深嵌入她的身体。它瞪着又大又圆的眼，咧着嘴，发出无声的号叫。那是一副凶狠至极的面孔。

加奈子曾是一个感情起伏激烈而远未成熟的姑娘。大学毕业后不久，她便从救助机构领养了一对仔猫姐弟。大概是渴望能有一两个孩子吧，这是她自己的说法。女儿当时青涩的渴求给我留下了很深的印象。

当时她没有稳定的工作，没有固定的住所，甚至有那么一个时期，连猫咪也交由他人代养，自己过着流浪的生活。这些都让节拍器感到不安。它开始变得暴躁，开始随处大小便，把借住的家里搞得天翻地覆，就是为了让加奈子下不来台。

喂完奶，我抱起了小宝宝，加奈子则抱起了节拍器。

她精心地抚摸着猫背，猫则用前腿在她肚子上又揉又踹。那是小猫管猫妈妈要奶吃的行为。自打加奈子怀孕以来，节拍器就无法随心所欲了，一旦揉蹭起来便会遭到拒绝，被请到地板上去。“这下终于如愿以偿了吧？”加奈子对猫说。

小布一定也是这样。我周围的环境不断变化，居所和对象也不断变化，后来，小宝宝降生了，我的关注点也开始向那边转移，这一切都被小布默默地看在眼里。默默地看着，始终无言。等宝宝学会翻身了，它便坐在一旁，背对着宝宝摇尾巴。尾巴一圈又一圈地摇着，仿佛一根摆动的跳绳，宝宝见了总想去抓。猫咪则依然背对着她，不停歇地晃动着尾巴。等宝宝稍微长大些了，能一把抓住尾巴了，猫咪便神不知鬼不觉地坐远了。如今，当年的宝宝已当上了母亲，抱着她自己的宝宝，好像抱着曾经的那只猫。

养犬甜豆（长相却并不甜，以下称为阿舔）是一条比特斗牛犬的杂种犬。

比特斗牛犬是一种黑眼珠小到三面露白，面相可怕的狗。在过去是被拿来斗狗的犬种，情绪一旦失控就会变得狰猛，变得极具攻击性，曾酿成过多起事故。因此，该犬种在一些国家和城市是禁养的。听闻在美国某些地区，仅仅是携带比特斗牛犬一同出行便会遭人拦截，狗被带走并就此处死。就在前些天还曾有过这样一则消息，北爱尔兰某地的一条比特斗牛犬因其饲主违反禁养规定，被强制带离饲主身边并处死。

数年前，加奈子的丈夫从救助机构处接过了阿舔，对其呵护备至，训练有加。如今阿舔的性格中，同主人邂逅前的种种遭遇、悲凉与不安已荡然无存。尽管如此，散步时仍需多加小心，比特斗牛犬是不招人待见的。“阿舔袭击别人家狗的可能性连万分之一也没有，但若有哪只没拴好又没头没脑的小狗送上门来，会发生什么就不好说了。到了那个时候，所有的不是都会不分青红皂白地推给斗牛犬。”加奈子的丈夫说。

阿舔是一只杂种犬，脸是比特斗牛犬的脸，下半身却不是，有点像灵缇，但体型更小巧更奢华，这大概是源于意大利灵缇吧。这种狗体瘦毛短，性格与心理活动令人一目了然，且总是一副颤颤巍巍的样子（怕是太瘦了，不耐寒）朝你走来。不过，除非雌性意大利灵缇的境遇异常悲惨，否则绝不可能让雄性比特斗牛犬有机可乘。况且，若母亲那一方不是比特斗牛犬，分娩也是无望的。那么，究竟是在何种情形之下，弱不禁风的灵缇才能在如小山般强壮的斗牛犬身上实现其攀爬野心的呢？我想象了种种情形。

“阿舔不像小竹和路易那样聪明，”对小竹和路易的机敏颇有感触的加奈子说（不知为何，这种时候尼克的名字总是上不来台面），“小竹对事物有它自己的看法，能以此来指导行动，路易也是，能够独立思考。但是阿舔不一样，它彻头彻尾地依赖人类，生命的每一瞬都仅仅是对人类举手投足的反应。”

不仅如此，阿舔是没有支配欲的。它甘于充当群体的末位，在人类面前自不必说，即便对象是猫，被它踩在脚下也欣然接受。

给猫咪们发零食的时候，阿舔蜷着身子在我周围兴奋地又蹦又跳。我招呼它过来，它把身子蜷得更厉害了，一跃蹿上了客房的床。没有一丁点儿复杂的想法，“想得到”“开心”“想要接近”，它只由这些意愿掌控着。

在加奈子的家里，我同阿舔相拥而眠。毛短而坚实的身体暖乎乎的，没有异味。我把手放上去，把身子凑过去，阿舔都不介意。它轻轻摆动着尾巴，仿佛在说“还想要这样，还想要”，就这么睡着了。小竹和路易都不是这个样子，不很聪明的尼克也不像这样。睡梦中，我觉得与我肌肤相邻的并非是一条狗，而是别的什么生物。对方形单影只，我亦孤身一人，在荒野中，我们偶然相遇。

加利福尼亚的密西西比

小龟阿岩是从奥克兰唐人街买来的一只曾以“三文两串”被卖掉的龟，俗称巴西龟，小小的很可爱。阿岩曾有许多同伴，可惜一只接着一只地死掉了，阿岩是它们当中唯一的幸存者。都是十年前的事了。长年以来，我们只当它是“巴西”龟，对它的底细却一无所知。一年夏天，那是带小留回国期间的事了，我们去到熊本市立博物馆，阿岩的“未来型”被制成了标本展示在那儿，并被列入了100种最糟糕的日本外来侵略物种。哎呀，吓到我了！经调查发现，学名为密西西比红耳龟的阿岩，在加州的外来侵略物种里也是榜上有名。既然密西西比河并未流经加利福尼亚，有了如此结果也是理所当然的。问题在于，该拿它如何是好呢？就在我举棋不定的时候，阿岩已在加奈子的精心照料下一点点长大了。水槽也跟着一点点长大了。加奈子对阿岩很上心。它冬眠了、从冬眠中苏醒了、背上生出水藻了，她都密切关注着。察觉到加奈子的脚步声和呼唤声，阿岩也会乖乖地爬过来，从她指头上叼走食饵。如此一来，就算阿岩长得再大，也不可能被弃之不顾了，生态系统亦能得以保全，我也无须再苦恼什么。阿岩的寿命据说可达三十至四十年，刨去已度过岁月仍有二三十年。那又将是何岁何年呢？

第五章

路易的旅行

我和路易

七月二十日，我回到了熊本。本想当天就去 T 田动物医院接路易，D 大夫却说："路易脏得很，洗过之后再交还给你。"据说是在笼子里排便，把自己弄脏了。于是二十一号，洗得干干净净、毛发蓬蓬松松的路易被领到了前台。那是时隔两个月的再会。我想象着路易得有多激动，它却自顾自地忙着闻周围的味道。真是叫人大失所望。在那之后的几天里，我和路易，我们两个在熊本河原旁的家里过起了以路易为中心的生活。

住在一起后最令我感到不可思议的，当数路易与我家狗狗的差异了。那是身为养犬在生存状态上的根本的不同。

我家狗狗是随叫随到的，飞一样地跑过来。这是它们的基准。路易不一样，怎么叫都不过来，连头也不回。有时我甚至怀疑它是否清楚自己的名字。不仅如此，由于长年同父亲为伍，顺应了干不了什么、也不想干什么的父亲，路易已经养成了有问题"自己解决"的习性。

曾经看过一档动物节目，对犬与狼的差异进行了实验。

当遇到困难时犬类会依赖饲主，狼则想方设法自己解决。所谓“差异”便是此种差异。

那么，若问路易像狼吗？却又不是那么回事，完全不是。

路易圆滚滚毛茸茸的，若少了那条耷拉着的舌头，简直可爱得像毛熊玩具一样，动作蠢蠢的，反应也很慢。然而这些都是表象，路易的本性是贪婪的。为了自己的好奇心和目的，它可以不顾一切地一头扎进去，饲主的意向从来都不在考虑范围之内。

出于这个原因，像是顺着椅子登上桌子，将能入口的东西一扫而光的暴行已经有过好几回了。上溯到其先祖狼的年代，下次何时能够捕到猎物是无法预测的，路易正是被这种饥饿感驱使着，一口气吃吞下了数倍于自己体形的餐包和果子面包（我家桌上只摆这些）。它追寻着残杀野马和野羊群的远古记忆，把所见之物贪食殆尽了。而在那之后，它一定会一轮又一轮，不停地拉出屁屁来。

至于拉屁屁，从七月二十号的那起事件中不难看出，路易在排泄时是无所顾忌的，总是兴之所至，随遇而安。如此看来，蝴蝶犬似乎就是这么一种狗了。和其他犬种相比，不知该说是管不住自己的屁股，还是领地意识低下。总之，这在尼克身上也得到了充分印证。

在同路易一起生活的熊本，我踩过的屁屁不计其数。尼克我已经习惯了，会拉在哪里我心里有数，大致是在墙边上，小便则尿在自上垂下的物体上。而路易的行为却让人摸不着头脑。

我曾不止一次地在房间的正中，这种与边界线毫无瓜葛的地方踩到屁屁，或“啪唧”一下踏进尿里。我把擦过屎尿的抹布浸在浴室的水桶里，结果搞得整间浴室臭气熏天。这让我忆起了给孩子们用尿布的时候。

就因为这个，我每天都要把路易带出去溜达好几回。那真是一种“无与伦比”的体验。

一大清早，睡眼蒙眬地，我就带着路易出去散步了。吃过早饭再次上路。除此之外昼间还要出去好几回。等到了傍晚则是一场长途跋涉。就寝前仍有一趟等着我。

我家门前有一条路，路对面是河堤，我们爬上去——路易仿佛游过草海一般地爬上去。爬到河堤上面去，便可以俯瞰到坪井川的泄洪地。眼前是一面繁茂的草坡，泄洪地由小道环绕着，两旁则是覆盖着石茅和野葛的道路。

那道路上时常能找到虫的尸体和蚂蚁的集团。尸体四周的土壤向下掘去，在外围堆起土包，仿佛一座座建造中的坟墓。但又并非如此。仔细一瞧，那里正进行着解体作业。蚁群正为了餐肉忙碌地工作。从漫步道瞅见的水洼里生着蛤蟆。蛤蟆一动不动地踞坐着，身上长了同黑斑蛙一样的颜色和花纹。我记得蛤蟆（gama）的本名是日本蟾蜍（gaeru）。蛤蟆和青蛙（kaeru）在日语里本就是一家嘛！我回想起了“蛤蟆君”和

"青蛙君"的绘本。

父亲去世的那天早上，我把路易带来了这边的家。自那以后，路易再没有回过父亲的家。那时也是，我和路易每天走在河堤上。那是四月的末尾，我们与野鸡频繁相遇。相隔三十米，听到野鸡"咯咯"叫声，我们停下了脚步。四下张望，游水池里的草丛中，一只雄性野鸡伸长了脖子拍打着翅膀。相隔三十米，又听到野鸡"咯咯"的叫声，我们停下了脚步。到底有多少只呢？这个问题总是挥之不去。后来听住在附近的人说，野鸡正在大量繁殖。

可到了七月底时，那叫声忽然从耳边消失了。出什么事了？我带着疑问走了好几天。忽有一日，突然在河堤的草丛中发现了红色的一点。就在诧异的瞬间，我与野鸡的目光交汇在了一起。那红色原来是雄性野鸡的脸颊。"咕，被发现了吗？"野鸡的眼神仿佛透露了它正如此嘟囔着。

俗话说"有一有二就有三"。看到有鸟类在田里啄土（市民擅自将泄洪地耕成了田，那田被七月中旬的一场大雨淹没了，想不到如今作物长得好好的），还以为是家养的鸡，结果却是野鸡；对面草丛中飞起一只大鸟，原来也是雌性野鸡。如此想来，四月那会儿果然就是它们的繁殖期了。那"咯咯"的叫声也并非在向我们求爱，更像是对领地的宣言——为确保从今往后的家族兴旺，雄鸟们逞起了雄风。

等到了七月末，野鸡们纷纷偃旗息鼓，蛤蟆间的求爱则风生水起，“叭呜叭呜”，朦朦胧胧的叫声不绝于耳。再往后，黄莺唱起来了，雏燕开始练飞了，云雀也露面了，还有乌鸦。河堤上的石茅成熟了，一枝黄花眼看着茂盛起来，香蒲的穗子是硬硬的绿色，苎麻被虫咬得满身是洞，马鞭草也开出花来。四月时盛开的苦楝如今已长成一片浓郁的绿色，筑起一片密闭的阴凉，起风时枝条摇曳，落叶纷飞。野葛伸长了藤蔓，葛叶随风飘荡。新长出的叶子尚未被虫啃食，摸上去叫人心情舒畅。每次路易拉了屉屉，我便摘一片新叶，把屉屉裹在里面丢向远方。叶片同屉屉一起掉进了草茂深处，没了踪影。那片叶子乃是坪井之川心愿未了的葛叶。[1] 仅有一次，屉屉挣脱了叶片，挂在了草头上。不过除我以外的人绝不会留意到它，然后，终有一日，它将归于尘土。

在河堤上方的那条直路上，路易对我的存在毫不挂心。它踱着小碎步，东瞧瞧，西看看，哪怕和我走散了，也不像小竹和尼克那样慌了手脚，依旧保持着自己的步调，悠闲地走着。很久以前，我曾见狸子在河堤上走。我见它走在散步的人身后不远的地方，便以为是狗了，可仔细一瞧，原来是狸。前面的人只顾走着，对身后跟着狸子的事全然不知。我试着回忆当时的情景，那只狸走路的姿势和路易一模一样。

一天，我看准四下没有人影，松了绳索。已经可以了吧，

[1] 译注：此处是对《葛叶物语》的改写。

它会跟上来吧，我想。毕竟在我眼里它是条狗，而并非什么狸子。结果转眼便和路易走散，慌忙到处去找，只见它“啪嗒啪嗒”地下了河堤，往右看看，再向左瞅瞅，过了马路。路的对面便是我们的家。

路易的旅行

将路易带去美国的准备已经万全。我在过去曾有过非法滞留的记录，也因此令自己的立场变得颇为尴尬，为取得绿卡吃了不少苦头，之后每次入关时的经历也都不堪回首。因此，路易移居美国的事我做了充分的准备。

在我看来不过是换个地方居住罢了，美国官方却管这叫“进口”，从日本的角度出发便是“出口”了。若是从无狂犬病国（日本）到有狂犬病国（美国）的进口，事情要好办得多，就连针对狂犬病的预防注射都不是必需的。实际上，路易已有好几年没有打预防针。因为治疗癫痫的药物与狂犬病预防针之间，有极小的概率会产生副作用。然而，碰上蛮不讲理的检疫官的概率却是极大的，考虑到这点，还是挂急诊打了针。

我们计划乘傍晚一班飞机离开熊本飞往羽田国际机场，之后完成检疫，办好登机手续，在日期更替后的深夜启程前往美国。以往，我都在洛杉矶国际机场（LAX）转一班飞机，飞往离家最近的小机场。但这次，姑娘们会来LAX接我。同

T 田动物医院的 D 大夫经多次商量后，此行所必需的文件已经无误地准备齐全，也同日本的动物检疫机构打好了招呼；出发当日购入了坚固可靠的移送用笼子，并为防患于未然，在其当中铺好了尿垫，装好了饮水器，就连离着陆时服用的镇静剂也按处方开好了——哎呀，真是筹备得滴水不漏，连我自己都不免想要自夸一番了！如今可谓万事俱备只欠登机。

然而世事又岂能尽如人意？

直到返程前一天都闭门未出的我，万万没有想到启程当日有不速之客忽然来访，而送走这位客人后下一位又接踵而至。不仅如此，该回复的信件与该署名画押并送还的事务文书也积攒下来尚待处理。我不得不奔走于银行和邮局之间；还得去动物医院给路易拿药；父亲的家以及我自己的家都有待收拾清点；最后还得挨家挨户地去和人道别。就这样被时间追赶着风风火火奔走四方的时候，我和别人撞车了。于是叫来警察，又和保险公司的人一通交涉，白白搭进两个小时，原先来得及的状况这下也来不及了。我匆匆忙忙塞满行李冲出家门，将车开到熊本机场的租车返还处，比预定时间晚了二十分钟。

我向来在那家租车行租车，和那里的店员都是老相识。“伊藤女士，又搞出事故啦，麻烦不小吧？”还没等他们说完，我已经脊背发凉僵在了那里。

天呐，忘记把移送路易用的笼子装上车了！

我当时真是心急如焚啊，唉，是真的要着起火来了——少了那个，路易就上不了飞机了！况且之前一再耽搁，距离登机时间只剩下二十分钟了！就算是小地方的机场，如果不提前十五分钟办好手续也是赶不及的。

我单手付了油钱（返还处也兼作给油处），又单手付了事故的罚金（租来的车出了事故需付两万日元），腾出另一只手给航空公司打电话（遵照自动语音答复按下特定号码后终于转接到人工服务）。得知国内航线可以借用笼子，而搭乘国际航线时笼子必须自行准备，我挂断电话，就拨给了住在东京的友人A子。“A子拜托你了，买个移送用的笼子送来羽田！”我在电话里大喊。于是，“哦，好啊”，从高中时起便结下“孽缘”的A子二话没说答应了下来。租车行的师傅先是目瞪口呆地看着我慌里慌张却又有条不紊地制定对策，等事情有了眉目便催我坐上了刚刚还回的车，把我送到了离登机柜台最近的地方（通常情况下按规定只得在机场一端的租赁车专用场所下车），还顺带连跑带颠地和我一同把行李搬了进去。大家真的是照顾我太多、太多了！

我在跑，路易也在跑。有好几次我绊在路易的绳子上，踩在路易的身上。伸缩自如的绳子有时就是怎么也伸缩不了。三番五次被踩到的路易，每次都健硕地站立起来。若能保持这个势头主动跟随上来该有多好，然而这样的事唯独不会发生在路易身上。我一路拽着绳子，把它拽到了手续柜台——还请想象这样的场面。而当站在柜台前时，我再次意识到了自己的重大疏漏。

天呐，起飞时给路易服用的镇静剂忘带了！

从熊本离陆，在羽田着陆，再由羽田离陆，到 LAX 着陆，这四次离着陆恐怕是令路易最为害怕不安，积聚最多压力的时候了。为此我特地去找 D 大夫商量，D 大夫一边说着“从熊本起飞前吃下这个，之后它就在云里雾里了，等到了羽田，保管它连自己怎么落的地都说不清楚”，一边递到我手里的，便是特制的镇静和防晕机药。少了那个，路易将在神志清醒的状态下上升下降。

到达羽田后我领回了路易。路易显得十分平和，精神不像是在刚刚遭遇的两次离着陆中受了重创。我牵着路易走出航站楼，友人 A 子正抱着新买的笼子等在那儿。A 子能来真是帮了大忙，随后的一段路程终于不再需要我一个人硬扛。两个行李箱和两个提包，外加一个移送用的笼子和一只不习惯旅行的老犬，带着这些我俩乘上了开往国际航线的巴士，不久又从巴士下车，推着行李拽着老狗，一路来到了灯火阑珊的检疫所。

检疫所的照明已经关闭，门也闭了，只有事前有约的客人允许入内。出来迎接的是一位如同精灵宝可梦中心的护士小姐一般亲切的女兽医。

我曾和这位女医生说过话。路易此行的准备万全以后，我打电话到羽田的检疫所预约接待，当时同我讲话的便是这位女医生了。听着和当时口吻相同、不慌不忙不紧不慢的女医生的话语声，我忽然回想起了曾经那些能将事事都考虑得疏而不漏、谨慎入微的日子，那感觉就好像回忆起了某个早已丢失不见的随身物品。可结果呢，却是这般的丢三落四，不过好歹也算抵达了这里。女医生向我保证路易一定会平安无事，于是我感到自打那天早晨便点燃了的狂躁、动摇、不安和紧张，一下子平息了。

“这种事我不好大声讲，不过后面有片草坪，可以带它去那里方便。”女医生告诉我。

后来我们离开了检疫所，路易被再次按进了笼子，我们在国际航线的柜台办理了登机手续。

“上空特别冷，所以狗狗待的地方配备了空调，我家也养狗的，您担心什么我明白。”航空公司的人爽朗地对我说。于是，我带着路易来到安检处，通过安检后便同它道别（后来又过了十几个小时，我出了国境，乘上飞机离开陆地，历经看电影、入睡、醒来、进食这一连串的仪式后重返陆地，并在接受护照审查后进入了美国领土）。和路易再次见面是在洛城机场的行李提取处。没有服用镇静剂也没有昏睡不醒，路易还是往常的路易，没有显露出特别的疲惫与窘迫，看来它并未在这一程的起飞和下降中受到过度惊吓。

随后，我们被带去了不同于以往通行路线的方向。

背负了太多不快回忆的我，仅仅是与以往有别这一点，就已经令我的不安高涨起来。想必当时我的脸一定绷得紧紧的，回答问题时的态度也很生硬。然而还未等我“全情投入”，检疫工作就已结束。不过是出具了女医生给我的文件，路易便得以放行。走出航站楼，沙良子和小留正等在那里，她们在加利福尼亚的阳光下拥抱了路易。路易也还记得她们俩呢。“一个是陪我玩的姐姐，另一个也是陪我玩的姐姐，和爷爷、妈妈有相同气味的姐姐们。”路易在 LAX 的草坪上无忧无虑地奔跑起来。后来，我们坐进了汽车，一个半小时后回到了家。

小竹果然是不死之身。和我外出日本的三周前相比，小竹大幅回归到了它原有的状态。虽然起身和行走不甚自由，始终趴在犬卧上面，但是头抬得好好的，对于周遭发生的事情能够给予反馈，也能表达出自己的意图，比如对我的归来就表现得非常高兴。但总归还是不如从前机灵了，比如对新入伙的那只就有些视若无睹。

尼克欣喜若狂地蜷缩着身体，从屋里飞跑出来，却在见到路易的瞬间冻结了。它紧贴在路易身后嗅来嗅去，就差把鼻尖钻进屁屁里去。然后，它把路易让进了家。

路易大大咧咧地，且是非常不认生地把家里嗅了个遍。它在离小竹仅有咫尺的地方若无其事地走动着，甚至把脸伸进了小竹正打算享用的食物里。这下小竹终于察觉到了，有外人，有个侵入自己领地的家伙，就在家里。打那以后，小竹开始对路易利齿相向大吼大叫，好在身体不能如它心意，吓人的牙齿也根本够不到路易。而路易呢，还是那个我行我素、飘飘然的路易。

任务完成

整个家里都臭透了。

我很清楚，是路易正忙着在家里做标记，尼克也趁火打劫留下了不少记号。每个花盆底下都积了一摊不知是谁的尿，每面墙壁的拐角处也都洒满了尿液。还有小竹，明明已经走不多远了，却依然榨干了自己的余力，只为能爬到走廊里去，去那儿啪唧啪唧地尿上一摊，而且是每天要去好几趟。尼克和路易不肯服输，也纷纷跑到走廊里去，边走边在一整面墙上撒尿。我推开通往凉台的门，一股猛烈的臭气扑面而来，呛得我睁不开眼睛，张不开鼻孔。

走出家门，还有早晚各一次的散步等着我。

然而整窝出动是不可能的，所以我会先带小竹去。我给它穿上护带，把它拎下台阶，来到户外，一面用曲奇吊它的胃口，一面让它在家门前那条路上走过两户人家。原先上下台阶是个难题，如今有了护带的辅助，顺畅多了。小竹走得像个提线木偶。它那么重，光凭我的力气提不起它，再说它自己也有这样那样的想法，所以走得摇摇晃晃、跌跌撞撞。散步归来回到犬卧上，小竹喝到了牛奶。就是因为盼着这口牛奶，它才抬起沉重的腰身，费力劳神地走上一圈。

趁小竹喝牛奶的工夫，我领着蝴蝶犬出门了。在熊本我是惯用伸缩套绳的，但如今与两只狗为伍，伸缩套绳便使不得了。两只狗狗时而并驾齐驱，时而一前一后，时而叠在一起，互闻味道，边走边尿。我刚在公园的长凳上坐下，尼克蹿上来了，我抚摸了它。路易一脸也想上来的样子望着我，我把它抱起来，也抚摸了它。我摸完了路易再摸尼克，摸完了尼克再摸路易，然后再轮转过来。

路易不干一点儿"狗事"。

它从不跳到我腿上，不"坐"，也不"等"，喊它名字也久久不见它过来。倒不是因为它不懂英语才不服从指令。它只是过惯了这种日子。长年在那个房间里，和父亲，就他们两个，生活在一起。父亲什么都不叫它干，因为一直"囚禁"在一起，也没必要喊它。路易紧紧靠在父亲身上，给予了他实实在在的重量和温度。

路易靠过来了。

它靠着人的方式和尼克很不一样。它会把全身的重量托付给我。我若不自觉地倾一下身子，它俨然就要跌落下去。有过好几次了，路易因过度依靠而失去平衡，遂而向反方向倒去。若不是我一把将它揪住，它早就一头扎进了地板。

路易跟过来了。

它来家里时候不长，同地盘、犬类的关系都还没有着落，同人类的关系也难说有了着落。然而它对其他犬类不管不顾，不论到哪儿都一味地跟在我们身后，一味地仰望着我们。“一直这样仰着头，脖子不觉得僵吗？”我想起了父亲曾经说过的话。

沙良子不知拿和她形影不离的路易如何是好。她蹲下身子，一边抚摸着狗狗露出的肚皮，一边说给它听：“路易，任务已经完成了，可以随心所欲了。”

看护爷爷原本是路易的任务来着，如今爷爷不在了，或许的确可以说是任务完成了。

现在的每一天，是神清气爽、肉肉好吃、散步愉快的每一天，爷爷的事已被完全抛在脑后了。可是和爷爷共同生活的十一年，在它生命中占据的分量实在太大，走在爷爷身后的事它怎么也忘不了。所以时至今日，它依然要跟随着谁、仰望着谁。那人虽不是爷爷，路易的身体却运作照旧，直到永远。为什么呢？

眼下是忘记了，可是万一哪天爷爷突然回来了，还能随时想起来——就为了这个。而这回，任务被交给了犬心，所以路易会不惜余力地将它贯彻到底。

癫痫的日子

在某个比黎明更早，天还未亮的时候，我在一阵响动声中睁开了眼。被月光照得明晃晃的房间里，路易癫痫发作了。小小的身体僵直成正方形，抽搐着，不听使唤地往墙上撞。

“路易的癫痫又发作了。”父亲常这样说。他还会说：“我怕它会就这么死过去，一直抚摸着它。”

我曾对其严峻程度不以为然，直到母亲死后不久，第一次亲眼看见为止。当时我受了惊吓。路易摇摆着，仿佛被什么东西附身了似的，仿佛路易已不再是路易了似的，不住地打晃。在那之后也曾目睹过好几回。有时是在半夜，路易就在我身边抽搐起来。那是在父亲刚刚去世的那段日子，路易在我的家里和我一同起居。摇晃二十分钟后，路易停下了。满脸疲惫的它蓦地站起来，脚下的床铺被口水浸透了。

发作过后，路易通常会钻进某个狭窄的空间。电视后面是它经常会去的地方，它待在那里，或拔掉电线，或推落置物。还有些时候，它会跑到院子里去，躲在地板下面。于是，我把父亲家里的边边角角，以及地板下面的空间都堵住了、封上了。

“‘路易，路易！’我怎么喊也不见它回来，该不会是死在地板底下了吧！急得我是如坐针毡，就把它从那底下拽了出来，抱着它进了屋。它那么沉，抱着它走路费死劲了，还以为自己会给它累死呢！”父亲说。那时他还有点精力。

“我是想抱它来着，可是抱不动啊，没办法，只能一直抚摸着它。醒过来后就不知它跑去哪儿了，不过很快它就会回来。”父亲说。那是在他临走之前，他当真什么也做不了了。

到处乱跑、钻进狭小的地方，这类行为不仅限于路易，似乎是癫痫发作后所有狗的共性。一次我在网上调查后解释给父亲听。我说，那些都是由癫痫引起的，所以，不去管它也不要紧（或许吧）。

可是不管我怎么说，父亲也听不进去。他照样会放心不下，照样会打电话来。对父亲来说，路易的身体仿佛无时无刻不在颤抖着。万一路易死了怎么办！只剩我一个人在这里怎么办！这些不安仿佛就是他的现实。

今天的发作时间很短，一两分钟便过去。路易站起来，走下楼去。我也下到一楼，于是路易迎面朝我走来，没有躲也没有藏。我抱起它，坐在餐桌旁的椅子上。路易安安静静地让我抱着。过一会儿，它顺着我的膝盖下去了，我则回了自己的书房。小竹睡得正沉，我走进去它仍然一动未动，只有腹部平稳地起伏着。电脑从睡眠中苏醒过来，我看了一眼时间，十九点五分。我把电脑时间设定成了父亲曾生活着的日本时间，为的是随时可以了解父亲当前的活动。如今父亲不在了，时间却依然如旧。

父亲独自一人看着路易癫痫发作的情景忽地坠入脑海，久久不见散去。他一个人抚摸着路易，自己跌跌撞撞地出了凉台，下到冰冷的院子里，一个人四处寻找，又抱着死的念想，抱着路易回到了屋里。这些片段统统沉重得令我无法承受。为何当初没能陪在父亲身边分担他的悲伤与不安呢！悔意比路易的体重还要沉、还要重，重重地向我倒来。

第六章

小竹之恋

我去旅行了

我离开家，去长途旅行了。而在旅途的前方，我不断收到丈夫和女儿发来的邮件。“小竹虚弱了”“命不长久了”，不胜枚举。我提心吊胆地回到家，战战兢兢地推开家门。

“妈妈不在的这段日子，一直守在这扇门前”的尼克，“把妈妈忘得一干二净，现在又突然恢复了记忆”的路易，还有以尖锐声音唱出“欢迎回来”的小P。唯独不见了小竹，它果然已经……就在这时，伴随着“啪嗒啪嗒”的爪音，颤动着摇摇欲坠的身体，小竹出现了。

瘦骨嶙峋的臀部，已经无从打理的皮毛，衰老在小竹身上进一步加剧了。尽管如此，它仍用听不真切的耳朵听到了我的声音，用嗅不灵敏的鼻子嗅出了我的味道，挺着咯吱咯吱的腰腿，吭哧吭哧地站起来，渡过又滑又险的地板来与我相见。

小竹确实老得不堪重负了，然而相比之下更令我在意的，却是这家里的荒芜。虽说荒芜，却又并非像无人居住的空屋那般荒芜。确实有人住在这儿，不过这里的一切却统统以方便犬类为前提而存在着，换句话说，这里更像动物的巢穴，人类的生活已退居其次。

这当中最令人无法不去介意的，就是尿骚味儿了。那味道难闻得叫人难以忍受。

通往露台的门敞着，露台上随处排泄的小便散发着味道，随处可见的屁屁让那里没了下脚的地方。那些屁屁，似乎偶尔会有人拾走一些。我家狗的屁屁，一周便能填满一整个购物袋，而我出走一个月之久，这遍地的屁屁显然有些缺斤短两了。大便小便均已干燥，小便的臭味变本加厉，屁屁的味道则暗淡下去 —— 也就只有这一点值得欣慰了。

家中所到之处均铺上了瑜伽垫。垫子是给小竹防滑用的，它那长长的爪子走在地板上总是打滑，容易摔倒。只是绿、紫两种配色的垫子作为家装来说实在有失水准，并且恐怕是出于瑜伽之用，上面还莫名其妙地印着代表东方神韵的竹、莲图案。唉，也罢，只要小竹走起来平安无事，这种东西不论多少我都会去铺。但是问题在于，尼克和路易似乎把这些垫子误当成了尿垫。垫子上满是尿渍，未干的地方也有好几处。就连清楚那并非尿垫的小竹，在赶不及去屋外的时候也会在那上面图个方便。

在此有必要重申一遍，那些垫子不是尿垫而是防滑垫的事，小竹是知道的。为了不滑倒在地板上，它时刻提醒自己，垫与垫之间的空隙得跳过去才行。每当来到垫子的边缘，它都会停下脚步，万分慎重，仿佛即将跨越的是两面悬崖似地推测着距离，并在有所感知后腾空而起，然后，它一定会脚下一软栽个大跟头。我在家里铺满垫子，煞费苦心，只为小竹能走得平稳，可是它呢，却跳着往地上栽。小竹跌倒后那无力的姿势、悲伤的表情，还有在绝望中挣扎的样子，都跟父亲的一模一样，简直就像被父亲附身了似的一模一样。

我用一只手搂着小竹后腰，用另一只手托起它的下半身，把它抱了起来。

父亲临走前的两天，一直是这种状态。我不曾想过父亲即将辞世，只是不容分说地像这样搂住父亲的身体，一次又一次地将他抱起。正因为担起过父亲的重量，我才能像这样抱起小竹，若是也能再多抱一抱父亲就好了。怀抱着这些无济于事的念想，我抱起了小竹。

有时候，小竹后腿朝外，上半身冲着我，我便抓住它的护带和腰部的皮毛，把它掉一个个儿。

这样的画面同样勾起了我的回忆。我想起过去经常要把母亲安顿在轮椅上，还有把她从轮椅上转移到坐便器和汽车后座上的事。我没法像现在抱小竹这样去抱母亲的腰，只能抓住她的裤子和内衣，就像用衣服把她兜住一样，兜起了她的体重。母亲是不是为了方便我“兜”她，才穿着长裤和厚厚的棉内裤，甚至还要多穿一条衬裤呢？我不禁这样想。小竹的皮毛就好比母亲的外裤、衬裤、棉内裤，虽说松松垮垮地离开了肉，但仍长在身上。我抓着小竹的皮毛，拎起了小竹的身体。

小竹该不会也是为了方便我拎它，才穿了这一身的皮毛吧？我不禁这样想。

小竹的老朽，怕是快要登峰造极了吧？旅行归来后不久，看到小竹坐着漏出了尿，我不禁这样想。

小竹的屁屁每天都是坐着坐着就滑落下来，我已经习惯了。然而坐着坐着漏出小便的状况却史无前例。当时，小竹脸上虽是一副毫不知情的样子，湿漉漉的下半身却不可能知情不报。这便是它浑身的演技了。我是想给它洗洗干净的，可是转念一想，先使劲泼热水上身，冲洗过后再强行烘干，这对一条腿脚不便的老犬来说，怕是已经构成相当的暴行了，于是作罢。结果到了现在，小竹还是一身尿骚味儿呢。

但小便也罢尿骚味儿也罢，一旦漏出来了比什么都叫人头大的，还要属稀便。

给稀便做善后，最让人头大了。那东西碰也碰不得，闻也闻不得，触感更是要不得。刚出来的时候带着热乎气，可是放一放又莫名的冰凉。尽管如此，“擦屁股”的那个，终归是我。比起擦小便和丢硬便，这份工作要磨人太多了。

从前一阵子起，我们只喂小竹吃同一种食物了。把狗干粮和狗罐头加工一下，再撒上少许煮过的鸡肉。狗粮只选同样的牌子，每次只混同样的分量。如此一来，便可以方便察觉到小竹身体的变化，一旦出了状况，也可以率先排除食物上的因素。换句话说，我们采用了所谓的逐项排除法。

然而最近这段日子，我若不去喊它吃饭，它都不从我房里出来了。

小竹年轻的时候才不是这样呢。只要我还待在厨房里，它就趴在起居室的犬卧上，目不转睛地往这边瞅。身子虽然伏着，却为了“有呼必应”而时刻准备着，腿上的肌肉微妙地吃着劲，我叫它，它就瞬间移动过来。若见我在搅拌蛋糕胚子或是打发奶油，小竹就像前来赴任似的，紧坐在我身后等着，等我把碗递下去，然后把它舔得锃光瓦亮，亮得让我觉得不洗都行了。托小竹的福，边角料垃圾少了一半。秋刀鱼头也好，鲑鱼皮也罢，还有牛肋骨条，小竹的嗓子眼儿一向来者不拒；苹果核也好，梨子皮也罢，还有众说不可拿来喂狗的葡萄，都曾是它的心头最爱。可就是不知什么原因，小竹总拉肚子。由此可见，德国牧羊犬这个品种，肠胃贫弱的不在少数。可问题在于，最近这段时间，小竹都是在家里和我的房间里拉屉屉，只把屉屉拉在这些地方。所以，我希望它腹泻的次数能少一点是一点。

尽管不去喊它吃饭它就不来吃饭，来了以后小竹吃得倒还不错。尽管日复一日地吃着相同的干粮和相同的罐头，小竹吃得倒还起劲儿。它咯吱咯吱地嚼着，仿佛对每天吃同样的东西毫不介意，吃得热火朝天。如此一来，小竹每天都拉出了健康的屉屉。只不过在何时何地的问题上，它的屁股眼儿已经来者不拒了。

这世上就是有些东西，一段时间不吃便叫人想得不行：东京鳗鱼屋的烤鳗鱼，荞麦屋的荞麦面，某某亭的奶油包，某某堂的和果子。想必是由于离开了日本生活，没办法“信手拈来”，这些东西才让我朝思暮想吧。那种心情与其说是食欲，不如用憧憬和渴望来形容倒显得更为切实。父亲也是这样。生前最后那几年，他坐在电视机前，一边看有美食出镜的综艺节目和商业广告，扬言说这也想吃那也想吃，一边看日升日落。每次我回熊本，父亲都会拜托我：“管它章鱼丸子还是炒荞麦面，尽管买B级货回来！”[1]这些东西就是父亲“还活着”和“还想活”的证明了。

每每搅着干粮和罐头，我都打心底里祈愿，但愿狗狗们没有这种渴望，但愿小竹不会想起秋刀鱼脑袋、剃不净的牛肋骨条和粘了蛋糕胚子的那口大碗。

[1] 译注：B级食品，物美价廉的庶民食品。

异性恋的小竹最性感

犬类是群居动物，它们对排位嗅觉敏锐，对民主毫无兴致。正义往往站在强势的一方，侠肝义胆则是反社会行为。

事实虽然如此，却又不止如此。犬类的世界里怕是存在着彻头彻尾的性别歧视吧，我时常这样想。

“犬，即雌犬。”

我记得康拉德·洛伦兹曾发表过这样的言论。德斯蒙德·莫利斯和欧尼斯特·汤普森·西顿似乎也曾说过类似的话（虽然未经考证）。就连小竹妈妈的饲主，即是相当于它娘家父亲的 M 先生都说：“养犬就要养雌犬，更聪明，更忠义。”

经过同小竹常年朝夕相伴，对于此类“犬即雌犬”的言论，我深表怀疑。

这些言论的根据，该不会是因为言者皆是雄性吧。就算并非同族，身为雄性也足以无条件地吸引雌性，管教起来亦是如鱼得水，是绝对备受仰慕的存在——该不会就是出于此因吧。而雌犬，恐怕已是无视女权主义，无视男女共同参政，无视三角四角关系，一味坚信男性之强大、男性之伟大的生物了吧。

我会这样想并非由于小竹不够强大，恰恰相反，它强大得足以将雄犬毫不留情地一脚蹬开。相比之下，小竹的弟弟也罢，蝴蝶犬也罢，都太过软弱了。散步时遇见的其他犬类当中，能和小竹平分秋色的亦是少之又少。尽管如此，如此强大的小竹在见到某一特定类型的人类雄性的瞬间，无须交手便认可了对方的强大与伟岸，拜倒在他的脚下，甚至卖弄风情撒起娇来。

这样的场面我亲眼见过好几回了，小竹风情万种地依偎在男人身旁。这并非单纯地臣服于对方的强大，更像是有些抑制不住自己对人类雄性的恋情，仿佛只要男人有意，跨越物种的婚事也是可以说办就办的。

说句实在话，迄今为止同小竹相处的岁月，是我与小竹赌上彼此存亡的持续对抗。这主要是因为我和小竹同为雌性，又同为种群里的阿尔法（最强大之个体）。

小竹有个弟弟，小时候长得像只小熊，圆咕隆咚的，脑袋特别大，是一只天真无邪的小狗。可是成年以后，它个头有小竹的一个半大，成了一条膀大腰圆，睾丸坠坠的雄犬。走起路来意气风发，可着劲儿地到处抬腿撒尿，见了别处的狗便挨个蹬上一遍，可谓所向无敌。就是这样的弟弟，在姐姐面前畏畏缩缩得不成样子，简直软弱无力。它跟着饲主来到我家，欢欣雀跃地从车上蹦下来，姐姐也迎了上去，把鼻子抵在弟弟的鼻子上，十分念旧地打了招呼。谁知弟弟刚一进家门，姐姐突然翻脸不认人，连撞带咬地把弟弟赶出了禁区。

所谓禁区以外的地方，在小竹眼里即是“可以尿尿的地方”。眼下小竹是遍地开花了，但若换作当初，除非事态异常紧迫，在家里小便这种事是绝不会发生的。而那个“可以尿尿的地方”，正是地势低了一等且铺有瓷砖的天井。如今在身体保有余力的情况下，小竹仍会去到那里“排污”。

言归正传，在那个如同日式家屋中土间[1]的场所里，小竹弟弟仿佛领会到了身份差距似地一屁股坐在地上。它“咿、咿”地叫着，像是在恳求姐姐允它平身。姐姐在起居室里居高临下，用锐利的目光盯视着弟弟，就是不松这个口。

在我们这个家族群落里，我和沙良子的地位是坚决在小竹之上的。这一立场可是我们用尽全力争取来的。小竹年幼的时候，服从训练就是它每天的全部，我们不曾放过生活中的每个点滴，不停向它灌输“吾为主、汝当从”的观念。每次进家门时都是我们先小竹后；吃东西也是我们先小竹后。出外散步时我们绝不让它到处乱跑，必须一边注视着我们，一边走在我们左侧少许靠后的位置；偶尔，我们会给出“行了”的指令，

[1] 编注：土间指日本传统民居中，与人居住的地板上的那部分生活空间相对、直接架设在土地上使用的空间。现代建筑中的玄关部分承担了以往土间的功能。

如此一来小竹便可以自由地去蹦去跳了，不过这种自由也仅能维持到我们再次给出指令为止。

我们比小竹强大，我们也爱着小竹，但若它有哪怕是一丁点犯上的举动，我们都会不留情面地让它意识到“你做错了”，就好比下面这种情况。

一次有位客人想摸摸小竹，小竹却对客人露出了牙齿。那位客人是我家邻居，时常来家里做客，却一向不能适应小竹的存在。小竹也不适应。它那么聪明，还以为它不会冲面熟的邻居吼叫呢，谁知它还是跟见了小偷和坏人似的大吼起来。于是邻居猫腰投给小竹一块曲奇，试图安抚这只暴躁的看家狗。可是邻居从腰腿到手指的前端，浑身上下无处不散发出“好怕、好怕、好怕”的心情。这在我们看来已是一目了然的事，小竹自然也能读懂。不知是心存不爽还是蓄意捉弄，小竹冲邻居发出了比冲任何人时都更具威慑力的叫声。

此时邻居已完成了镇魂的仪式（授予曲奇）进到家中。倘若害怕就此打住便是，可邻居却鬼使神差地伸手去摸小竹。只听小竹猛然发出威吓的吼声，张嘴便咬，还好邻居于千钧一发之际撤回了手。下个瞬间，我抄起小竹的两条后腿，将它肚皮朝天翻倒在地，用手按住它鼻尖低声训斥了它。当时的小竹足有四十公斤，将其撂倒需要相当的魄力，也只有我和沙良子能完成此举。我们俩比小竹还要强大。

小竹大吼一声咬上去的瞬间，脸上似乎浮现出了嘲弄的坏笑。并非受到了恶意对待，可心里又实在觉得不爽，所以，嘿嘿嘿，就让我来吓吓你好了——大概就是这种感觉吧。令人有些揪心的是，其他犬类所不具有的邪念，小竹怕是因为太过聪明而拥有了那么一小点儿。

若不竭尽全力是无法令它甘于臣服的，我一直这样想。只有在力量与力量的相互碰撞中，强者才能令弱者屈服。然而，在观察熟人与狗的过程中我逐渐意识到，某一特定类型的男性在驯服犬类时是不费吹灰之力的。曾有不止一个男人对我留下如此豪言壮语："狗是不需要接受什么训练的，你对它好一点它自然听你的话。"在此基础之上，我又确实目睹了进入壮年后的小竹向男人献媚的瞬间。对方正是那位喜爱雌犬的M先生，小竹妈妈的饲主。

M先生从小竹妈妈那里获得了几近于献身的爱。狗妈妈片刻不离开他左右，时时刻刻默默注视着他。"差不多算是我老婆吧。"M先生这样向众人介绍了狗妈妈。被如此介绍的狗妈妈一边蜷起身体，一边依靠在差不多算是她老公的饲主脚边，而那位看似老公的饲主则是满脸得意地撩弄着狗妈妈的前胸。

那么以上两位之间生下的便是小竹了！——若能这样介绍一定别有一番趣味，但是很遗憾，事与愿违，雄性一方同人类的女性结婚生子，雌性一方则在发情期与自己的同僚坠入爱河。狗妈妈在某警察署担任兼职，她的恋人正是署长饲养的一条德国牧羊犬。换句话说，小竹是一条彻头彻尾的——狗。

某天，M 先生和他的人类妻子来我家做客。我们几个人类凑在一起聊聊天，吃点东西；小竹弟弟照旧被逐出了禁区。这时，在房间角落犬卧上趴得安安稳稳的小竹忽地站起来，旁若无人地走到 M 身边，依偎上去，直勾勾地望向他的双眼，无声地示爱。当时小竹的妈妈死去已有数年，小竹的举动和它妈妈当年对待 M 的方式一模一样。M 先生满怀怜爱地抚摸了小竹的前胸，于是小竹伏下身子，表情就跟醉倒了似的，有种说不出的满足。

小竹感到不安时，会把屁股坐在我脚上。也有死皮赖脸地把身子靠在我腿上的时候。它那样子像极了一个哭哭啼啼的孩子，拽着我的裙边说："妈妈，我怕！"那个小竹可可爱了！然而我身为雌性被它献媚的情况，却是一次也没有过。

M 作为人类的雄性是个充满魅力的男人。他强壮、机敏、高大、英俊，雌犬会为之神魂颠倒也在情理之中。而在面对沙良子的男友时，小竹的姿态可以说如出一辙。那位男友同样强壮、高大、俊美，且正值青春年华。到此为止，小竹的心思我都明白。然而令我不解的是，在我丈夫面前它亦是如此——那个年纪大，脾气大，又讨厌狗的我的丈夫！

长久以来，我丈夫对小竹不闻不问，小竹跟我丈夫不言不语，他们之间就是这样一种关系，过的就是这样一种日子。但在步入老年以后，小竹突然开始接近我的丈夫，虽不很频繁，只是偶尔为之。我丈夫呢，即便对狗成见再深，说到底也是位异性恋者，有雌性向自己暗送秋波这种事还是懂的。丈夫动作生硬地抚摸了小竹，以此回应了它。

不公平，实在是不公平！它怎么从来也不向我投怀送抱呢！

长女加奈子就更不用说了，何止是不被献媚，上大学后隔了好久再次回到家里，她竟然惨遭小竹骑在胯下。恐怕是一段时间不见，小竹自觉在家中地位有所提升，想要以身试法。事实证明是它自作多情了。“小竹！干什么呢！”在被狠狠骂过一顿后，它只落得个落荒而逃的下场。

至于男人，也不是谁都可以的。小竹确实有在挑选，挑选合它口味的男人。来过我家的男人当中，有的就像我那邻居一样险些被咬，还有的，它连正眼也不给一个。

再说回我的丈夫。一直以来，我一厢情愿地相信自己是这个家的掌门人，可实际并非如此。归根结底，这里本就是丈夫的家。可自打丈夫把我拉进家后，亚裔女性的数量开始激增，狗的数量也在不断增加。丈夫是个懂得怜香惜玉的人，这么多年下来，论性别，论文化，论语言系统，他都沦为了家庭内部的边缘人士。尽管如此，犬类的直觉告诉小竹，丈夫才是一家之主，是强大且至关重要的人物。理由无他，丈夫是雄性的，而小竹是雄性至上的！

倘若我是个男人，小竹便无须接受什么服从训练，它势必会含情脉脉地望着我，像条影子粘着我，任劳任怨服从我。那么假使小竹是条雄犬呢？它也应该会拼了命地顺着我、视线片刻不离我、跟着我、腻着我、屈着身子讨好我吧！

小竹之恋

几年前，小竹谈了它此生最后的一场恋爱。那是在N夫先生和K子女士从熊本远道而来，在家中小住几日的时候。

小竹当时十一岁，大约相当于人类的八十来岁，年事已高，不过还能上下车，也还能下地走走。所以带N夫先生和K子女士到处观光的时候，我也带上了小竹。沙漠、海边、平时的散步路线，小竹去了很多地方，每次出行都令它开心不已。

不仅如此，N夫先生还是一位料理达人。他时常在厨房里展露身手，小竹便整天泡在那里，目不转睛地盯着他看，偶尔还能领到些肉的边角料。它心里美得不得了。和对待那些它中意的男人一样，小竹当着大家的面对N夫先生腻腻歪歪地暗送秋波。有时候，它会潜入N夫先生和夫人的客房，听他夸奖“你来啦，你来啦”，让他抚摸；也有在夫妇二人单独散步时让他领去；屁屁也让他给勤勤恳恳地拣了。这些都让小竹打心底里高兴。

之后便到了N夫先生和K子女士归国的日子。当所有人都乘上了车准备离家而去的时候，小竹来到门口，站在铁栅栏后面向这边张望，惊讶与悲痛在它脸上交错。那表情令我终生难忘。狗竟能做出如此富有感情、仿佛哀伤的表情，我想都没有想过。

N 夫先生坐在副驾驶席上，当时他脸上的表情同样令我无法忘怀。

那情景宛如电影中的一幕。

——一个女性面部的特写镜头，一个内心动摇的男性的面部特写。女人双颊颤抖，低声说着“I love you”，男人面部开始扭曲，此时镜头再次转向紧紧抓住栅栏、声嘶力竭哭倒在上面的女人的身影，随后淡出。

“心里真是有后不完的悔啊！”到达机场后 N 夫先生对我说。“我怎么就没让你把车停下呢，怎么就没下车和小竹好好道个别呢！”在同我道别之际他含恨说道。

事后，在日本同他再会时他仍耿耿于怀地说：“当时我怎么就没能下车和小竹好好道别呢？这个别应该道的啊！”他还说：“所以我还想再见小竹一次，这次要跟它好好说声再见。”

唉，五十岁过半、和我同年的 N 夫先生，这便是他与狗婆婆一生一世的恋情。

与小 P 的嬉戏

和小竹的情况类似，绿颊鹦鹉小 P 的正式饲主也是次女沙良子。可是自打沙良子离开家自己过活以后，小竹和小 P 就被留在了这里。对宠物的“人生”来说，这是常有的事。

我在年轻时也曾把心爱的猫咪撇给父母，头也不回地踏上了自己的人生。

年轻时的生活波澜万丈，某个瞬间会情不自禁地和猫猫狗狗结伴而行，而下一瞬又心甘情愿地投身于惊涛骇浪之中，和男人过过日子生生孩子再把他们养大。等时候到了，阿猫阿狗再疼再爱也成了阻碍，鸟雀之类就更不必说了。该放下的时候就得放得下，剩下的就交给我吧——从女儿那里“收留”它们时我也是做足了觉悟的。

小竹倒问题不大。自打搬来我房里住的那一刻起，它俨然已是我的狗狗了。但至于小 P，嗯……就有些让人束手无策了。

在领养之初，小 P 整天气呼呼的，想要靠近它都不行。我在脖子周围缠上毛巾，戴上兜帽和手套，抱着必死的决心把小 P 放在自己肩膀上。可即便这样也被它啄得够呛。小 P 可以自如运用它那钩子一般的喙，勾住东西拉来身边。与此同时，那喙还附带了打孔器的功能，不论是一叠纸、一块塑料版，还是我的脸颊和指甲，它都能毫不留情地啄开一个窟窿。

我锲而不舍地与小 P 搞好关系，早上一睁开眼便让它乘在肩上，一整天都全副武装地保持这个状态。小 P 顺着我的肩膀跳到椅背上，又从椅背跳到桌子上，爬到电脑上。见我吃东西了，它便饶有兴致地凑过来。我把嘴里的食物顶在舌头上分给它吃，不然的话，它那钩子就该直捣我的嗓子眼了。要是渴了，它便沿着我的肩膀“哒哒哒”地走过来，用钩子勾住我的嘴角，用力一拽，可疼了！而且令人心有余悸，因为实在想象不出下次它还会干出什么，身上给它突然开个窟窿也是有可能的。没办法，我只好在嘴里含一口水，嘴角松开一点点，它便顺利喝到了。

那段日子里，我日复一日地重复着这些事情，并相信我们的感情正在日益亲近。

当时我和小 P 之间存在着某种秘密的游戏。与其说是游戏，倒不如说嬉戏来得更恰当，那种些许弥漫着 SM 风情的行为，难免令我有些害怕将其告之于人，不过，在此还是让我鼓起勇气，将事实告白于天下吧。

小 P 有个癖好，喜欢往狭小的空间里钻。我用毛巾抓住它放到毛衣底下，它便在那里心满意足地乖乖不动了。在笼子里时也是一样，小 P 会挤进鸟用床位和供它歇脚的木棍中间，一副心神荡漾的样子合了眼。于是便有一天，小 P 冷不丁钻进了我后背和椅子靠背的中间地带。我感受到了小 P 的欲望，悄悄在背上加了力气，不断加大将小 P 夹在后背与椅背之间的力道，直到险些将它挤得筋骨寸断为止。小小生命陶醉于快感之中的讯息传遍了我的背部，那感觉非常温暖。

我们时不时便玩一次这种游戏。小 P 总是“来呀，来呀！”地催我入戏，我也只好倍加小心地将它压得喘不过气来。

怎么样，可爱不可爱？一点不错，就是非常讨人喜爱。可是就在我沉浸于和睦气氛的时候，小 P 突然啄了过来。我不过是用手捋一下头发，指头便被它戳得要不得了；有时候明明没做什么，嘴唇和脸颊上就给它开了窟窿。我这可不是譬喻，是真的开了窟窿，“啪嗒”一下，窟窿伴着血流一起出现了。那痛感，那恐怖，让我不禁想要将那鸟雀之辈弹落在地。

我俩之间，怕是压根就不存在什么心灵相通，也没有爱情，或是别的什么忠贞不渝的感情。我不该期待任何情感，也无法预测任何情感。既然如此，养鸟的意义究竟何在？会觉得到头来一无所获，这难道只是我的错觉吗？

路易的感情、尼克的感情

若问路易的闯入是否撼动了家中狗狗们的关系，事实上什么也没发生。可以说，是小竹的衰老成全了此事。但有一点可以肯定，不论在小竹眼里还是尼克眼里，路易的闯入都绝非喜闻乐见之事。

小竹变得能够容忍尼克进入自己房间了（正确地说那里是我的房间）。尼克也逐渐萌生出身为一朝元老的自负，偶尔能鼓起勇气从小竹身边穿过，成功抵达房间里侧属于自己的席位。但对路易，小竹却绝无姑息之意。路易不过在门口打一个晃，小竹便对它露出尖牙利齿。好可怕！那是犹如般若面具般凶煞的嘴脸，是被力量浸泡、扭曲后的人渣一般的面孔。

不过小竹也只剩下动嘴了，身体动弹不得，无法造成任何实质性伤害。每当路易想要经过，小竹便大吼一声伸头去咬。路易一时间其实并不知该往哪儿逃窜，好在小竹的牙齿鞭长莫及。三番五次，小竹的牙也没能够着路易，摆出凶煞的脸孔已是小竹能力的极限了，因而它屡试不中。

尼克在面部构造上似乎有着某种缺陷，无法像小竹那样做出恐怖的表情。但时不时地，它会发出近似于大型犬那般低沉的声音，冲着路易大吼大叫。

我餐桌旁的椅子向来是尼克的地盘。人类进餐结束了，尼克就跑过来，嗖的一下蹿到我膝上，然后轻轻坐在我的左边，但凡人类在交谈的时候，它都有意参上一脚。而现在，路易来到我跟前，注视着我。椅子太高了，它跳不上去，只好一直盯着我看。路易和父亲一起生活的日子曾是那么亲密无间和情深意浓，想到这里，没办法，我只好把它抱起来。左边的位子被尼克占了，我把路易安置在右边。虽然挤了点，但还坐得下——会如此考虑欠周的便是人类。在尼克眼里，那是绝不能视若无睹的暴行。喏，它开始在我左边"呜呜"地哼唧了。

如果把尼克和路易放进车里，路易便会立刻坐到副驾驶席上。迄今为止那里都是尼克的地盘，结果它只得去坐"副驾驶"的脚边。但心情毕竟难以平复，在我开车时，尼克总是试图攀上那座位。不论我用手去推还是出言警告，尼克都不屑一顾，一门心思地往副驾驶席上，或者若有可能的话，往我膝盖上爬。

路易只当什么也没发生。不管尼克在底下怎样执拗，路易都没有想要让出座位的意思，但也不曾表示出任何不满，仿佛超越了一切似的，泰然自若地坐在那里。每当汽车摇晃起来（我开车很野），路易便向尼克身上倒去，凡是这种时候，拼命扯着嗓子喊的，总是尼克。

天刚擦黑，尼克在我旁边的坐垫上睡了。夜深后，它转移到小留的房间里接着睡。等我和丈夫睡得昏天黑地，夜半三更的时候，它再悄悄爬回我们那间屋，跳上床。本来入夜那会儿它就想上来，被我丈夫轰走两三回后知难而退了，于是耐着性子等我们睡熟。第二天早上，丈夫、尼克和我睡成了“川”字，尼克贴着我睡得死死的。丈夫已经懒得管了。它贴我贴得那么紧，想必是太喜欢我了，贴得我心都化了，其实却满不是那么回事。丈夫起床刚走，它便离我而去，跑到他的枕头上一蜷。日复一日地，尼克这样睡着，不知它凑过来是图个什么，也不知它躲过去又是为的什么。

常常控诉寂寞的父亲曾说过，夜里路易凑过来，它的体重，它的体温，只有这些是实实在在的。父亲从那当中找到了意义，找到了感情。但当我像这样看着尼克时，才了解到那里面什么也没有。

关键在于路易，它也想上我们的床。踮着脚，一蹿一蹿地蹦，“哗啦哗啦”地挠床沿，无奈床垫太厚太高，它到底跳不上去。尼克居高临下，每当路易把脚搭上床边便发出低嚎。

——怎么样？我高吧，你低吧，我能啊，你不能。怎么样？我在这儿，你在哪儿？

我从那低嚎声中确实听出些名堂。

尽管如此，路易还是想上床。那是当然的了，路易和父亲一起生活的时候，两位如胶似漆爱意浓浓，它从来都是靠着父亲睡。枕头也罢毛毯也罢，是父亲的，更是路易的。失去父亲的缺失感或许路易也有，那份感情和记忆若它同样拥有，就再没有什么能比床上的温存更令它难以忘怀了。想到这里，我便也想让它上来这个家的床上，但丈夫不乐意。尼克也不乐意。自己的领地遭到冒犯和入侵，颜面尽失时痛苦难耐的心情，说成嫉妒也未尝不可。它感情上的那份痛，我很能体会。

于是我伸出手，半个身子挂在床沿上，摸了摸床下用鼻子哼唧的路易的前胸。路易就像要钻进我手指缝里似的拥了过来。然而这时，另一只小脚搭上了我肩头。我便伸出另一只手，同样抚摸了尼克的前胸。尼克到底有没有真感情呢？虽说自作多情会很辛苦，可是它又怎可能没有呢？我心里的某个角落不由得这样去想。

当尼克遇上郊狼

遇见郊狼了！

话说我会来到这个国家，初衷便是郊狼。美洲原住民的传诵诗中出现的郊狼，想亲眼见它一面。从孩提时代起，我就对郊狼无限向往。《西顿动物记》中登场的雌性郊狼英姿飒爽，比身边任何人类的女性都更能挑动我幼小的心，想活成那样。来到这里后，却发现活生生的郊狼不那么容易见到。死了的在路边倒见过几匹。仅有一次，夜深时分，在路上，看见一对活物，在汽车前灯的光芒中忽地一闪就消失了，转瞬即逝。

我打算去亚利桑那州的亲戚家过感恩节，只带上尼克。

小竹已经上不去车了。路易仍有太多东西无法遵从，去人家里做客是行不通的。只有知书达理的尼克能够和我同去了。小竹和路易就交给沙良子。这么做，也是想慰劳一下尼克。毕竟栖身之所被路易不断侵蚀，尼克心里也很不好受。

尼克很开心，非常开心，对于这个“独子”状态。厨房里火鸡的碎肉领到够，每天数次外出散步（出门在外，绝不能因屎尿出丑），还被来客们百般宠爱，每个人见了它都会惊呼“这叫什么耳朵呀！”我也特别开心。彼此眼中只有对方的双向关系是令人何其安心，我已经忘得太彻底，忘得太久了。普通人也许一辈子都活在这种关系里吧，所以才保持了生活的平稳。

这一带长满了仙人掌。虽是住宅区，但远离大道，静悄悄的，为了尽可能多地留住自然，小区规划得十分宽广。

当时我们正走在无水的河川沿岸。是河川，但无水。下陷的河床正日渐被沙砾覆盖。只在极其罕有的情况下，下过雨，才有水流动。发洪水时，河前那条路上会立起禁止入内的标识。河道周围生着圆扇仙人掌和茂密的牧豆树。虽说茂密，却和照叶林遮蔽一切的茂密远为不同，裸露的地表是时常可见的，土地是干涸松脆的。

我走着，脸朝前，尼克随后。突然背后传来尼克的一声低吼，我感到它有所行动，转过身去，只见它跑进了无水川。常有的事，去追兔子了，我想。然而那儿有一条狗。尼克并不害怕，轻盈地跳过去，好像被好奇心操纵了似的，态度令人难以琢磨。是想玩吗，还是打算发起进攻呢？再看它视线前方的那条狗，柴犬般的个头，长腿，赤毛，黑背。

写得虽拖沓，但从尼克最初那一吼到这时不过几秒。换句话说，我在瞬间便认出了那是郊狼。

“回来！”我低声呼喊。和那东西对着干，尼克不可能全身而退。但同时我又看那生物看得出神。它年纪尚幼，毛发中的红与黑并非驯养出的，那是野生的颜色。郊狼有些胆怯，但在好奇心的驱使下仍盯着尼克，不久便转身跑进了无水川对岸的牧豆树林。尼克追过去了。“尼克，等等！”我喊。尼克定住了，好似一条狩猎中的指示犬，单腿抬起，静静地凝视着郊狼消失的草丛。

第七章

那一时刻的到来

那一时刻的到来

那天早上，小竹又去散步。

它和往常一样，踉踉跄跄地，一块一块吃我丢在地上的曲奇，走了十来米，折返回来，碰见小留正要带路易和尼克出门。路易朝我走来，这时小竹无言地咬上去。只差一点。叫唤着逃走的路易被小留抱住了。“好像咬到它了。”小留说。看来不是只差一点的问题了。

突然间，我觉得身上的担子好重。

小竹、尼克、路易，每一个都指望着我：老态龙钟的小竹，不服管教的路易，被它俩推来搡去的尼克。还有小 P，一只笼中鸟，大多时候只停在我肩上，但没有半点自由，还得指望我来过活。还有我丈夫，老了，脾气大了，攒了一肚子的怨气，冲我。还有心里只惦记着自己，拿亲妈不当人看的女儿（唉，我当年还不是一样）。擦着小竹的漏尿，洗着臭气熏天的瑜伽垫，究竟何时是岸呢？我不禁这样去想。

那会儿我对父亲也是这样。

频繁往来于加州和熊本，一跑就是八年。起初是两个月一趟。渐渐地，没办法撇下父亲一个人了，那就每隔一个半月，每隔一个月。最后那几个月，我精疲力竭了，就连上飞机，也要自己催着赶着才动弹。下了飞机，到了父亲家里，面对着将死不死的父亲，也是怨声载道的。每一天都不是自己的，没有一点儿时间是自己的。日子还远着呢，我想。但时候却已经到了，而且来得十分平淡。

早晨终于向路易报了一箭之仇的小竹，睡了一整天。黄昏时分它走到外面，到凉台上，似乎想拉屉屉。它蹲下，用了些力气，什么都没有。后来又想吐，但仍然什么都没有。它在凉台上跌跌撞撞地徘徊，走去后院了。那里种着仙人掌，万一它跌倒了，被刺扎到了，可不得了。我跟过去，发现它茫然地伫立着，稍微动动，又不动了，也不想做什么。它又回到家里，又出去了，又去后院走动，但没拉，也没吐。

傍晚时曾想带它出去散步，可它实在走不稳当，毛也乱糟糟的，索性不去了，直接倒牛奶给它。它只舔一口，都剩下了。晚饭也没吃。“之前中风的时候也是这样，”小留说，“不吃东西，妈妈回来马上就好了，也吃饭了。”

晚上十点那会儿，我在书房里玩游戏。从电脑屏幕中成片的麻将里找出一样的，消掉，单纯至极的游戏。我很清楚自己易成瘾的体质，此前也曾过度沉溺于各种东西，险些身心俱焚。其实这次也是，对着毫无裨益、无聊透顶的游戏，找出各式借口，随心所欲便开始，拖拖拉拉地耗着时间。有趣也罢怎样也罢，沉溺就是沉溺，和酒精、药物相比，除了不需要花钱外没有不同，如不自拔终将自我毁灭。尽管如此，工作进度一推再推，靠这些一拖再拖。离自灭不远了吧，我的心里充满恐惧。

我在玩，小竹在“呼呼”地出声，和平常“呋姆呋姆”的哼唧声有些不同。正要回卧室的丈夫从门前经过。“狗不是很痛苦嘛，是时候让她睡过去（put her to sleep）了吧？”他对我说。我放下游戏。放下游戏，躺到小竹身边。小竹没有抬头，但注视着我。我抚摸了它，抚摸了一会儿，“呼呼”的呻吟声停住了。它是想让我这样做吧。我觉得它好可怜，又觉得借游戏消愁的自己不像样子。

我继续抚摸着小竹，眼见生命的力量在它体内消逝。我考虑起丈夫的话。或许就像他说的。于是给沙良子的手机发邮件：“小竹，很痛苦，安乐死？”

沙良子回来了。小留也从楼上下来了。大家一起在我房里坐下，一边抚摸小竹一边商量。

“但我不想它明天就睡！”小留哭了。英语说“睡”，日语说“安乐死”。

“但如果妈妈不在，我要上班，你要上学，还能怎么办？”沙良子说。“妈妈也不想她不在的时候小竹死啊！”沙良子又说。后天我有工作，要出门。

但不能因为自己，便将日程提前。我这样说，女儿们纷纷点头。

“但之前我不是能行嘛！”小留坚持说。

那时你在放暑假，能照顾它。现在要上学，行不通了。总之明天观察一上午，感觉不行了，就打电话给兽医。

“但小竹坐不了车。”小留说。

“但如果我在，就能抱着小竹坐车。”沙良子说。

反正要看诊，交给熟悉的 S 大夫吧，生人不行。

“但我不想它安乐死，不想带它去送死！与其那样，不如少受点苦，就死在今晚。”沙良子哭了。

被孩子们抚慰着、照料着、疼爱着，小竹的状态平稳了，也恢复了些生气。路易朝屋里窥探时，它甚至仰起头，做出恐吓的表情。

“这下不要紧了，有精神了！”小留说。我在起居室里发现了小竹的漏尿，擦了，和往常一样。回到房间，“小竹刚刚拉屁屁了，太干了，它生挤出来的”，沙良子把装着屁屁的袋子拿给我看。“刚才它就一直想拉吧。”大家都认同了。

沙良子说明天早上上班前会先过来，便回去自己家了。小留也回房间了。我开始写邮件，有一封信要回。连十分钟都不到，或许也就五分钟，我写完，发出，看一眼脚边的小竹。小竹死了。

写邮件时，我听见小竹的呼吸。觉得听见了，便写下去。那呼吸非常深沉，不同于被孩子们照料前的呻吟，我边写边想，下一瞬已沉浸在写作中。至多两三分钟后，我点下发信键，回过神来，已听不到呼吸声，便望向小竹。

当时就已明白，它走了。

小竹像是睡了。但腿脚的伸展方式并不自然。我看看它的肚子。每回都要看，但这回没看到动静。于是去碰它。被碰到，它便吓得动一下头，但这回没有。

我走进小留的房间，房间里一团黑暗。我摇醒正要入睡的小留。“小竹死了。”我说。丈夫正在床上看书。也同他说了，小竹死了。然后给沙良子的手机发了邮件：“小竹，死了。”

沙良子赶来了。收到邮件时她才刚回到家。女儿们轮流抱着小竹哭泣。小留从自己房里取出事先准备好的香，静静点燃。沙良子端来一盆含苞待放的兰花，放在小竹身旁。今天在“家里”睡，沙良子说。姑娘们回到各自的房间，回到各自的梦乡。家里变得万籁俱寂，我回到有小竹躺卧的房间，写了两三封邮件。但小竹已经不在那儿了。

早上，沙良子联络了宠物火葬场。这家名为“永恒之友”的火葬场离这里不远。小竹盖上了沙良子的被单。尼克来过好几次，嗅来嗅去的。小竹的眼睛闭着，嘴巴张着，舌头垂着，肚子胀得鼓鼓的。除去这些，那还是小竹。只不过，那里已经没了小竹。

“永恒之友”派人来家里时，沙良子和小留都已出门。“小竹要上路了。”我喊来丈夫。一向屁股很沉的丈夫很快走出了书房。

小竹被“永恒之友”的人和我合力抬上了担架。它老后虽瘦了许多，三十公斤还是有的。原先生龙活虎、活蹦乱跳那会儿，有将近四十公斤呢。小竹裹在床单里，几只脚露在外头。担架又沉又重，我笨手笨脚的抬不稳当，每当在拐角处磕了碰了，小竹就默不作声地挥一挥爪子。上车后，我给小竹紧了紧床单，抚摸了它。小竹一如往常地躺在那里，却又不在那里了。

它上路了，我想。父亲那个时候，还有母亲那时也是，由于整理遗容等丧葬程序的缘故，被化了妆，被藏起来了，所以我没能见到他们。小竹的脸上长满了毛，腿上也长满了毛，我却见到了它。见到了它，我想，“遗骸”二字形容得甚为贴切。留在这里的，仅仅是被抽空的骸骨。小竹刚刚还在这儿，现在却已不在了。那么在我眼前的又是何物呢？我想。打那以后，我再没玩过游戏。

路易的犬心

做了这样一个梦。

又生了个孩子，名叫“纯”。这是一个体外受精的孩子，生物学上的父亲是男 A，被雇来抚养孩子的人是男 B。两个男子都还年轻，头发黑黑的，肤色也偏黑，长得很可爱。而且很像，我总觉得。我不曾和 B 交合，和 A 也没有过，而他俩都在向我求爱。我觉得腻烦，但又并非不情愿。我一边拖住他们一边在他们面前扮好人，还一边掂量着，选谁，不选谁呢？

睁了眼，我想，梦的根源究竟是什么呢？现实中我可不曾有过这等福分。若说那是欲念所为又太夸张了。尽管他俩都是讨人喜欢的帅小伙儿，但并非吸引我的类型。我喜欢知性的、胖墩墩的、留胡子的、岁数比我大的，对仅仅是可爱的小男孩儿没兴趣。早上散步回来，对着电脑，我终于明白了。那两个，是尼克和路易。

我动一下，尼克和路易就站起来看我；我走起来，尼克和路易就跟过来；我上车去，尼克和路易就争先恐后地来我旁边。

餐桌上，吃完饭，有只小脚哗啦哗啦地挠我。是尼克，它在要求坐我旁边。我拍拍膝盖，它嗖地跳上来。

它的指定席在我左边。它坐在那儿，全身上下让我抚摸了个遍（高兴得它老老实实地翻了一个个儿），嘴里也让我把指头伸进去了（轻咬“妈妈”沾满口水的手指是它自幼以来的游戏），下巴也被我握着颠颠颠（进攻起来乐此不疲，输了也心甘情愿，还忍不住乐出声来）。实在太舒服了，醉生梦死的尼克用它那热乎的小脑袋紧紧贴住我的身体，闭了眼，仿佛在说，坠到哪里都无所谓了。

在尼克抓挠着来赴约前，路易有时会先来赴约。在脚边忽悠忽悠地摇着尾巴，路易的双眼始终注视着我，好像在对我说话，直到我“听见”为止。“要坐旁边”，它是这个意思。我伸出手，它便抬起前腿，卸掉浑身的力气，要我抱它。不管我怎么给它鼓劲儿，路易都不会主动跳上椅子。并非不能，但是不会去做。它若主动一点我也好省些力气，可是它不愿意就没办法了。

我把路易抱起来，刚刚安置在椅子上，发现尼克正在远处望着我。它叹一口气，垂着脑袋，拖着尾巴，“算了”，它仿佛在说，然后，情有不甘地，无所适从地，走了。它回到我房里，那个没有人，也没有点灯，只有电脑的房间，在自己床上蜷成了一团。是在怄气吗，还是说压根儿就没有情绪呢？怄气这种事，狗会吗？人会，所以人的眼睛才捕捉到这些吗？起居室里给尼克准备的床铺、坐垫到处都是，在那儿蜷成一团也不失为一个方案。何况那儿最亮堂、最暖和，也离尼克最喜欢的“族群”和最喜欢的“家人”最近。

经观察，这种行为是“时有发生”的（换句话说，并非一贯如此），在“自己的意志无法通行”时，以“自我疏离”的感觉，表现出“尽待风雨过去”的样子。可若是这样，那风雨又是……尼克心中到底掀起了怎样的波澜呢？唉，我太不懂尼克的心了。但只要我找上门去，亮出球球，尼克立马就容光焕发地跟我走了。这个我懂。尼克到底还是尼克。

由于这样那样的原因，我只带尼克去了亚利桑那。自打从那儿回来以后，尼克就变得不可一世了。只有自己被特别对待了，只有自己受宠了，有自信了。能睡在我们床上的也只有尼克。尼克紧跟在我身后上了床。路易也紧跟着我。能上来的话它自然二话不说就上来了，可床太高，上不去。它踮着脚，哗啦哗啦地挠床帮，这时床上的尼克转过身来，“呜呜”地吼床下的路易，把它踹走了。

不只限于床，男主人的膝盖、女主人那辆车的副驾驶席，其实也都是自己独占的——尼克开始向路易这样主张了。

本来嘛，因不愿同席而坐、不想地盘被人夺去而吼啊叫啊的那个，向来就是尼克，不是路易。路易不考虑这些，不考虑任何，坦坦荡荡地，到处走，到处嗅，让人抱（这是蝴蝶犬的本能欲望之一），吃东西，睡又醒。

这种对他人视若无睹的行为方式，是它和爷爷两个人，独自、持续生活了八年的结果。就算是两人的独居生活，交流也应该是有的。父亲抱着路易，抚摸它，和它同吃同睡。但从路易的行为看来，小竹和尼克当中的犬心在它那里已是非常贫弱。

犬心贫弱了，看见我的身影，却抓不住和我的距离，对待其他犬类更是视而不见。一切皆以自我为中心，但那是漠然的，仿佛笼罩在雾气之中。同他者的交流能力在路易身上已被连根拔去，仿佛曾几何时，它曾遭受过巨大的心理创伤。

另一边呢，犬类社交能力毫无缺失、一向健全且仍将健全下去的尼克，在路易的处世态度面前麻了爪、发了火，又是吼、又是叫。看那样子，宛如一位咒骂无礼之徒居心叵测的明礼之士——敬语该怎样用，衣服该怎样穿，姿势该怎样摆，岁末礼该怎样送，葬礼过后的这个那个，谢函又该怎样写。我也经常被各色人等如此对待。所谓礼数，不过是为了束缚他人、捆绑自己的防身之物，不是吗？放过它吧！我好想对尼克说。

喏，这就是小竹的遗骨了

某天，“永恒之友”打来电话：“您家爱犬小竹的‘什么什么’做成了，请来领取。”第一遍听他讲，“什么什么”的部分没听懂。于是再问一遍，还是没懂。只听见“尔恩”这个音。词义不懂，但对方想要传达的意思传到了。我找来字典确认，是“骨灰瓮”，urn。于是去取。

“永恒之友”位于郊外。虽说我家那一带也很郊外，但是他们还要靠得更外，在一片杀机四伏的枯山野岭。

我从刚刚驶出的高速公路下方的隧道穿过，驶入另一条高速公路。沿途不时能看到一片片空地，还有成群的可移动房屋和临时搭建的事务所。若放在日本，这一带极有可能成为火葬场、石材厂、宠物陵园等边界暧昧之所。“永恒之友”便是坐落在了这片事务所群落中的一个划区里。

我走错路了，但从后门似乎同样可以入内。那里没有门，也没有墙，只靠障子遮掩一下。障子后面便是一座热火朝天的大炉，一座比面包店里的商用炉灶大得多的大炉。大炉周围是几个正在干活儿的墨西哥裔男子。

葬礼分为一匹葬、两三匹葬和集体葬，费用之间略有差异。我为小竹选了一匹葬。“永恒之友”的主页上设有“常见问题及解答”一栏，有人在那上面提问：“怎么才能让我相信，那是我家狗狗的遗骨呢？”至于回复，我没去看。不信又能怎样，再说家人们也一致认为，那么讨厌其他狗的小竹，不独葬怎么行？而从这后门的光景来看，情况已是一目了然。大炉前是默不作声埋头苦干的工人们，虽没能亲眼从他们手边见到，但那里想必曾放置着狗的死骸和遗骨。几天前，小竹的遗骸也一定就在那里，而后经由他们之手被送进了炉，烧成了灰。我愿意相信，这是一家小本经营的良心企业。

我又从正规入口入内。这边不过是间索然无趣的事务所，且不见半个人影，四下无声。日本殡仪馆的办事处里也是这副模样，前不久才刚刚见识过，还真就是这副模样——一面这样想，哈喽？我喊一声，于是从里头走出个人来，是个体型宽大却很腼腆的年轻男子。对着那人我一时犹豫了，该如何自报家门呢？但很快便想通。说法只有一个。这十四年来，我在兽医院和训练所里做过太多次自我介绍了，就像这样：

“我是小竹的妈妈（I’m Táke’s mom）。”

“我是加奈子的妈妈。”

“我是沙良子的妈妈。”

后面这两句话我在日本说了十二年。起初那几个月，自称“妈妈”让我觉得别扭，但很快习惯了。在别人眼里，我从一开始就是“加奈子的妈妈”，后来又成了“沙良子的妈妈”。可没少给他们这样喊。互相之间都说日语，便要加入敬语表达，所以我称自己“妈妈”，别人称我“母亲”。

侨居这边后，“妈妈”成了“mom”。起初那几个月还觉得别扭，但很快习惯了。再说这称谓也不容我改口。同前夫分手后，我牵着孩子们的手漂洋过海来到加州，她们吃了不少苦。这些苦我不担下谁担下。孩子们的问题层出不穷，我便到各种地方抛头露面，就像这样做自我介绍。

后来小竹来了，他们开始喊我“小竹妈”。这回就不是别扭的问题了，是被吓到了。我可不记得自己产过狗仔！但很快就习惯了。小竹也是一条生命，我若不担下这条生命，谁又会想着替它担下。一个将某条“生命”全面担下的人，或许就是“妈妈”吧。送小竹去兽医院、去训练所、去狗旅馆，再去接它，是啊，迄今为止我都是这样做的自我介绍。

“我是小竹的妈妈（I’m Táke’s mom）。”

就在这一天，我全面接受了小竹的生命已经不在的现实。

终有一日我还将来到这里，到这里来自报家门说“我是尼克的妈妈”“我是路易的妈妈”。这些事注定将要发生，我也已经有所准备去接受。却也有些事情，我怎样都不愿去接受，甚至连想一想自己开口时的情景都觉得可怕！“我是加奈子的妈妈”“我是沙良子的妈妈”，还有，“我是小留的妈妈”，若有一天我不得不这样开口……

还好，现在不需要去担心这些。

她们三个都处在生命力丰盈的年华，小竹与她们相差太远了（我想起了死时前腿探出的小竹）。不过养她们到这么大，不知去向、下落不明的时候有过，骨瘦如柴被抬进医院的时候也有过，都挺过来了，才有的今天（而当时的不安开始在心中逐一复苏）。但愿永远不需要为她们开口，我深切地祈愿。

腼腆的大块头回过身去，从架上取来纸袋递给我。印满狗爪印的包装纸从袋子里露出来，忽扇忽扇的，好似一盒高价的礼品。

我把它接到手中，脸上一皱，落了泪。原本不打算当着别人面哭的。此情此景对于那个怕羞的男子来说是家常便饭吧，他摆出一张充满同情的苦脸，不过我明白，那是商务用表情。我仍哭丧着脸，向他道谢后便离开。

小竹的骨灰瓮和我父母亲的日本制骨灰瓮完全不同，不是陶瓷的，是个厚重的木头匣子，里面装着盛有骨灰的塑料袋。

喏，这些就是小竹的遗骨了。

只有几杯的分量，必定不是小竹的全部。喏，这些银白细腻的灰烬，便是小竹的遗骨了。

瓮里附了一篇题为“彩虹桥”的文章。一位养狗的朋友曾说过，一旦有狗死了，便会有人送来这篇文章。然后，一边想着这文章又来了而一边读，一边想着这东西为何催人泪下而一边哭。就是这样一篇出处不明的文章，之前在网上见到它时，我曾试着进行了翻译，译文随后被编入《今日》绘本，由福音馆书店出版。当初执意将它译成了诗，但现在看来，原文是篇散文。我都忘记了，原来是篇散文。内容如下：

“天国的门前有一座彩虹桥，桥旁是死去狗儿们的归所。那里有青翠的草地，有平缓的山坡，狗儿们在那里尽情地奔跑，开心地玩耍。那里不愁吃喝，充满了温暖和煦的阳光。病老而逝的狗儿们在那里恢复了青春，伤病而终的狗儿们在那里抚平了伤痛。这只狗也好，那只狗也罢，都还和从前一样，生机勃勃、身体壮壮，活得快快乐乐，宛如那个在梦中相遇时的样貌，宛如找回了逝去的日子。却有一件事，狗儿们都挂在心上。有个想见的人，那个最最重要的人，那个被自己留下的人。

“狗儿们尽情地奔跑，开心地玩耍，日复一日。而终有一天，一只狗儿忽然停住脚步，它望向远方，锐利的眼神似乎捕捉到了什么，身体因喜悦而颤抖起来。它冲出狗群，在绿野上飞奔，四脚仿佛纠缠在一起，又仿佛悬浮于空中！快些，再快些！是‘那个人’来了！

“狗儿与你获得了重逢，你们忘我地拥在一起，从此以后再不分离！狗儿把你的脸颊舔了个遍，你抚摸着它的脑袋、注视着它的眼睛。那是一双对你彻底信任的眼睛，一双你久违了的眼睛，但你绝不曾忘记它们。而现在，你们将一同渡过彩虹的桥梁。”

沙良子将骨灰袋抱在胸前，闭上双眼，如同仪式一般。

对自己的憧憬

从日本回来了。两条爱犬都出来迎我，望着我摇尾巴。“是妈妈”“是妈妈”“是妈妈”“是妈妈”，仿佛失去了其他言语似的。两张感动至极的小脸，弄得我都有些难过了，连忙掏出狗狗曲奇，于是凑来两张湿乎乎的小嘴，美滋滋地把曲奇收下了。

从一月末到二月中旬这段时间里，我没在家。临行前不论是加州、熊本还是东京，都还是冬意浓浓。可等我回来一瞧，路旁的金合欢树已经开花了，别家院子里的杏树和李树上也开满了鲜花。最令我感到惊喜的，还是从自家前庭树下频频传来的鸟鸣。

此时正值情人节前夕，我想起过去曾听人说过，鸟儿们谈情说爱也是从这天开始。原来如此，是春季的交配期到了，我想。可仔细一听，那声音总是不在调上。时而“哔哔”“漆可漆可”，时而“嘶咿啾”“嘶咿啾”，时而又“唧唧唧唧”“咻咿咻咿”，唱得很是漫不经心，且总是同一个声音从同一个方位传来。不会吧！我去树下寻找，找到一只鸟，貌不出众的、淡茶色的，稍有不慎便会被误认成雌鸟的一只雄鸟。

我想起很久以前的某个晚上，正要入睡时，卧室窗前一棵树上响起了鸟鸣。虽说增添了情趣令人欣喜，但那叫声怎样听来都缺乏普通鸟叫应有的路数，仿佛醉酒闹事一般，且接连几个晚上无止无休。“那种鸟叫反舌鸟，会模仿各类鸟叫。”当时的对象告诉我。想起这事儿后，我上网去查，原来那只貌不惊人的鸟正是反舌鸟，日语名为“模仿鸫鸟”。这还是头一次见到真身。

我去熊本父亲家里料理后事了，那是路易居住了十一年的家。十一年来，每次回熊本都会和路易散步的家门前的公园，怕是不会再去了。负责清理的业者们把家里搬得一干二净，搬得空无一物。父亲死后，我把父亲的生活原封不动地留在了那里，留下了全部的事与物。而在目睹了这一切皆已不复存在后，我似乎终于直视了死的本质。死，是失去，亦是消去。

后来，装修业者来了，对房屋里的各处伤痕进行了修补和隐藏。被路易吐了、尿了、破坏了的地板，也整个重新铺过。再后来，又来了不动产业者，对房屋状况进行了评估。至于手续，我都交给法律顾问了。这类烦琐的事情实在不胜枚举。

这次回去，也见过了父亲生前的几位护工。护工们都问路易可好。好着呢，还学会英语了，我答。

“路易，过来（come）！”这便是它学会的那句英语。

每 come 一次便给一次曲奇，它很快记住了，脑子好使。但仅限于散步途中，在家里可喊不来它。脑子再好使，也和意愿无关。没办法，我 come，去抱它。

路易好着呢，比以前健康多了，癫痫也不再那么频繁发作了。然而身为犬类，同小竹和尼克相比，却有太多无法成行之事。“来”不了，“等”不得，“坐”不下，也不懂什么是“行了”。

“行了”是我家狗狗们的“松绑”指令。

这句话从小竹还是幼犬时一直沿用至今。在周围都讲英语的环境里，为了能让小竹准确无误地听从指令，我决定用日语说“行了”。每当我想要小竹从“坐”与“等”的指令中解放，或是判断它可以吃、跑、进、出的时候，都会说一句“行了”给它松绑。对尼克亦是如此。

每当我停稳汽车打开车门，说一句“行了”，狗狗们便会做好蹿下车的准备。然而现在，不论说多少遍“行了”，路易都无动于衷。哪怕我和尼克已进家门，它依然气定神闲地坐在车上，不肯下来。最终还是我投降了，回到车里把它抱进了家。还有，就算我把凉台门打开，说“行了”，路易也不肯出去。在路易看来，日语里的“行了”就是行了，这句话里没有什么值得庆幸的成分。

若是从正门，路易没有我的“行了”也会外出。这种“逃走癖”在父亲家时就已经有了。住在这里后也已经有过几次，我接到陌生人打来的电话，听对方说“路易正由我照看呢”。他们当中有些是路过的行人，有些是附近教会或中学办公室的人。路易的项圈上挂了防走失的小牌。这个小牌小竹和尼克的项圈上也挂过，但派上了用场的，路易的是头一份。

曾有好几次，路易正打算偷偷溜走时被我按在了门口。我在瞬间伸出一脚，几乎踢到它肚子才把它拦下。路易冲我吼叫，抗议我下手太重。尼克大抵持有的、小竹曾终生持有的对我的全面服从态度，路易没有。

路易并不服从于我。不，它是对委身于他人来求生存这件事没有正确认识。所以才会在公园里溜达时很快与我走失。它会去找我，但不会像小竹和尼克那样拼了命地找。尼克会收起耳朵，腾空而起，看它神情便知道跑得竭尽全力。路易则会四下看看，找不见也是一副无所谓的样子，随便朝一个方向走了。所以我得去追它。

我想起过去常和小竹玩“捉迷藏”。趁它注意力被其他东西吸引时，我藏到背阴处去。都玩过好几回了，明明知道我是在逗它，小竹每回还是吓得够呛。当时它脸上的表情，我永远不会忘记。小竹胆战心惊地左来右往，时而从我藏匿的草丛前方经过。我在心中暗自窃喜，可是下个瞬间，它一定会将我找到。找到我时小竹的那张笑脸，令我永生难忘。

我想起了父亲家里还满是家具的时候，床铺、被炉上满是狗毛，家里让父亲和路易弄得都是臭气。

早上九点，护工来了。通常在这个时间父亲已洗漱完毕，等护工上门。护工拿来报纸，为父亲和路易做好早饭。路易转眼吃光自己那份，又盯上了边读报边进餐的父亲的餐盘。它叫个不停，直到得手为止。护工走后，他俩重新回到床上，睡过整个上午。晌午醒来，爷儿俩开始分吃一杯速食拉面。路易把前腿搭在父亲膝上，吼到面吃光为止。饭后，父亲看起电视，看到四时，护工再次登门。路易再次吼叫起来，直到食物到手。等父亲吃上了晚饭，护工就牵着路易去公园遛圈儿。散步归来，之前被餐桌彻底敬而远之的路易，当即把父亲的剩饭摆平了。

对于路易的不端行为，大家都只是嘴上不说，只有父亲当真心里不念。有时我打电话回去，正赶上对面在吼，吵得没办法说话。“平常还是挺乖的。”父亲说。可是不平常的时候实在太多了。一旦食物当前，不吃到嘴里绝不住口。

整个晚上，父亲都坐在电视机前。路易趴在他脚边，时不时换个位置，趴得烦了，就冲父亲吼叫。“知道啦，知道啦。”父亲边说边分薄饼给它。八点播出的电视剧演完了，路易又开始冲父亲吼叫。“怎么，这就困了？”父亲说着，带路易上了床。路易依偎着父亲，蜷成一团。“熄了灯，虽然辗转反侧，但也睡了。”过的就是这种日子。“夜里路易靠过来，压人又暖和。”这样的话，我听父亲讲过好几次了。

只有彼此的八年里，日渐肥胖的路易患上了狗癫痫，舌头不再能缩回嘴里，时而并发肾炎，心脏也大不如前，就这样逐渐背上了满身疮痍。它待在爷爷身旁，紧紧观察着爷爷的一举一动。它可喜欢护工们了，对偶尔出现的我和我的女儿们也表示出亲昵。然而作为一条狗，它却活得乱了套。

现在也是如此。路易总想待在别人膝上，抱它上来便心花怒放。每次我从旅途归来，它都会热情地迎上来，还经常跟在我身后。可是，犬心却不知遗失在了何处。它不像尼克，会去追兔子和松鼠，从来不冲其他犬类发威，也无意同它们玩耍。它会闻味道也会四处留尿，但若真有犬类来了身旁，它连睬也不睬一下。

加利福尼亚也已是一片明媚春光。路易跑在宽广的公园里，和尼克一样，将脖子上拴的绳索拖在身后。

“路易，come！”我喊，它便过来，领了曲奇又跑走。它跑远了我便喊它回来，给它曲奇，于是它故意跑远。渐渐远去的圆滚滚的屁股、摇摆不定的身子，竟是和父亲住时难得一见的光景。路易那时整天待在点灯的屋里，满脑子想的只有吃，不被人拴好就出门这种事连想也不敢想。虽然现在也还惦记着吃，但在这一片广阔的青空之下，可以拖着绳子自在地奔跑，也可以想闻哪里就闻哪里了。

一旦尼克在路上磨蹭起来，路易便会跑回去冲尼克表示不满，吼它两句。这便是路易与其他犬类之间唯一的交流。尼克是挨骂了，但它不曾把之前在家里路易骂的那些放在心上，只是老老实实地挨着，绝不会倒打一耙。真是好性格！不去争辩什么，而是心平气和地接受。要是我也能像那样就好了！这种不免让人如此去憧憬的好性格，就长在尼克身上。

同人类的生活，究竟是在何时以何种形式扭曲了路易的犬心呢？身为一条狗，路易会不会活得很不幸福呢？时不时地，我会无法抑制地去思考这些没有答案的问题。然而眼前的路易却是一副悠然自得的样子。不论走到哪里，路易都只是路易。

后 记

小竹走后，家里弥漫的尿骚味消失了，车里的狗味儿也消失得无影无踪。瑜伽垫全部丢掉了，因为怎样洗也还是臭。小竹的犬卧只留下一个，其余的全丢掉了。留下的那个至今还在我房里，虽然占地方，可少了它屋子里空荡荡的，我的心里空落落的。如今路易摊平四脚睡在那上面，像人一样打着呼噜，尼克则心安理得地团在靠里的属于自己的坐垫上。

和狗狗们生活在一起，日子几乎是一成不变的。好些年来一直吃同样的东西，走同样的路线，重复着同样的期待，同样的固执，同样的行为模式。一觉醒来，同样的日子还在继续。定睛一看，同人类一样，死亡正在它们身上日渐鲜明，而与死互为表里的生，也同样变得鲜明起来。这段日子里，完成这本书的日子里，同小竹生活的最后几年里，我从小竹的一举一动中思考着何为生死。而在小竹已故的现在，那些思绪再次离我远去，散步与进食的往复再次回归我的日常生活。湿漉漉的舌头、摇来摆去的尾巴，还有永远仰望着我的眼神，是它们用身体，将体重与体温托付给了我。

在此，我想感谢《文学界》的田中光子女士、丹羽健介先生，文艺春秋 CREA 局出版部的川村容子女士，感谢你们在本书的连载与制作过程中给予我莫大的支持与鼓励。还有摄影师 MAYA MAXX 女士和装帧师菊地信义先生，感谢你们让小竹看起来如此幸福，是你们用双手将我的声音传给了河原的草木，传给了拔刺地藏，传给了般若心经，让我的声音与亲莺圣人的声音唱和，与狗儿们的生命连在一起。

我还要和各位读者朋友们说一声抱歉。写下这本书时，父亲在熊本，小竹在加州，我一条扁担两头挑，往来于熊本和加州之间。往来于两地之间，眼瞅着父亲的、小竹的、草木的以及我自己的躯体变化，在各种地方随手写下了这些文字。正是这些随手写下的文字支撑了我。若发觉这当中的一些篇章已在别处读过了，那么就像我在上面提到的，便是这样一回事了。

好了，从刚才起，那两只就一直观察着我的一举一动呢。就算不会看表，尼克和路易在心里也清楚得很，差不多快到散步时间了。下次妈妈抬起胳膊伸懒腰时，她便要站起来了。一旦站起来了，她便要走去厨房，从那儿的柜子里取出套绳，再把装屉屉的袋子揣进兜里，然后抓上一小把狗狗曲奇，接着就该来招呼咱们了，用日语说："走吧！"

那就这样吧，我要上路了。

二〇一三年五月

伊藤比吕美

图书在版编目（CIP）数据

犬心 /（日）伊藤比吕美著；丁楠译．—杭州：浙江大学出版社，2018. 11
ISBN 978-7-308-18155-6

Ⅰ.①犬… Ⅱ.①伊… ②丁… Ⅲ.①散文集—日本现代 Ⅳ.① I313.65

中国版本图书馆 CIP 数据核字（2018）第 076021 号

犬心
［日］伊藤比吕美 著　丁楠 译

责任编辑　周红聪
文字编辑　陈淑仪　周红聪
责任校对　孙　鹂
装帧设计　蔡立国
出版发行　浙江大学出版社
（杭州天目山路 148 号　邮政编码 310007）
（网址：http:// www.zjupress.com）
制　　作　北京大有艺彩图文设计有限公司
印　　刷　浙江新华数码印务有限公司
开　　本　880mm × 1230mm　1/32
印　　张　6
字　　数　114 千
版 印 次　2018 年 11 月第 1 版　2018 年 11 月第 1 次印刷
书　　号　ISBN 978-7-308-18155-6
定　　价　42.00 元

浙江大学出版社市场运营中心联系方式：（0571）88925591；http://zjdxcbs.tmall.com

浙江省版权局著作权合同登记图字：11-2018-184 号